河出文庫

志ん朝のあまから暦

古今亭志ん朝
齋藤　明

JN285172

kawade bunko

河出書房新社

まえがき

ラジオやテレビの放送台本、録音テープ、ＶＴＲなどは、ふつう資料として放送局が保存する以外は、放送終了時からしばらくの日時を経過すると、棄却されるなどして失われてしまう。

しかし最近では、放送された言葉や映像が装いも新たに再構成され、書物の形で登場することも多くなった。耳で捉え、眼で追った放送の内容を、活字で読むことができるようになったというわけだ。

私はかつて先達から、「自身が書いた放送の台本、脚本は、必ず自身で保存しておくこと」と教えられた。昭和二十九年にいわゆるものかきとなって以来、その教えを固く守って現在に至っている。そんな訳で我が家は狭くなる一方である。

本書は、ＮＨＫラジオの日本音楽番組の一つだった「お好み邦楽選」をベースに、筆を加えたものである。昭和二十九年、ディスクジョッキーの形をとった日本音楽番組

「風流歌草紙」が始まった。少し遅れて、それと並行して「邦楽文庫」もスタートした。その系譜をついだ「お好み邦楽選」が、五十年代の初めごろから六十年代の初めまで続いた。

内容は、とくに日本音楽にこと寄せて綴ったものではない。それこそ日常茶飯事を盛り込んだもの。語り手は俳優の小澤昭一さんから加藤武さん、そして噺家の古今亭志ん朝さん。昭和五十三年の夏、この番組の語り手をお願いすべく、プロデューサーとともに、帝国劇場に出演中の志ん朝さんを楽屋に訪ねた。ご存じのとおり、志ん朝さんは役者としても巧《うま》い。

私は学生時代から、しばしば高座へも通った。志ん朝さんのお父さんで今は故人の志ん生さん、お兄さんの馬生さんの芸も懐しい。志ん朝さんがまだ朝太と名乗っていたころから、その芸も観聴きしてきた。気鋭の若手は、今や押しも押されぬお人。

NHKのスタジオでの収録で、志ん朝さんの語りを改めて耳にした時、その間《ま》のとり方、序破急をつけた話の運びの良さに、この語り手とめぐりあえたことを望外の幸せと喜んだ。

古典落語と歌舞伎や日本音楽等の芸能とは密接な間柄だ。志ん朝さんも歌舞伎や日本音楽の題材を噺の中に使うだけでなく、心から愛していると聞く。そこで「お好み邦楽選」はさらでだに面白くなった。

収録終了後のミキサー・ルームでの志ん朝さんとの会話は、その都度私には良い参考になった。その会話が新しいヒントとなり、次の執筆への手がかりともなった。

この国の人たちは、とりわけ季節感を大事にし、また季節のうつろいにも敏感だ。その季節のうつろいと人事の消息とを織りなして、日本音楽の詞章を形づくっている。そこから私が識り得たことは、時代の推移とともに人々の身すぎ世すぎの形こそ変わってきても、心情は反覆されているということだ。そこで「温故知新」。そういう経路をたどって、伝統芸は容易には滅びない。

今回、淡交社の御好意で『志ん朝のあまから暦』が出版の運びとなった。これはむろん学問の本ではない。気楽に読んでいただければ幸いだと思っている。本書が上梓されるについて、NHK・音楽・FM番組プロダクション（旧・古典芸能番組班）の皆さんの個々のお名前を申し上げないまま、衷心感謝の意を表したい。また、終始お骨折りをいただき、そして励まして下さった淡交社の伊藤晴之さん、磯野晴美さん、皆さんに心からお礼を申し上げる。

平成三年十月

齋藤　明

目次

◈

志ん朝のあまから暦

春

去年今年《こぞことし》

四方《よも》の春

目を明けて聞いているなり四方《よも》の春　太祇

この句は、いろんなふうに解釈されましょうな。寝覚めて眼は開けてはいますが、体は首のあたりまで、まだ布団の中。昨夜は年越し行事につき合って、寝るのがついつい遅くなってしまった。そこで元日の今日、起きるのがおっくうとなる。陽が昇って、もうかなりの刻《とき》が経っているだろう。家の外からは初春らしい、いろんな音が聞こえてくる。

とまァ、こんなふうにも読みとれますなァ。何といっても江戸時代、宝暦・明和期、およそ二百年前に生きた人の句ですから、句の発想に苦が滲《にじ》んではいない。おおらかですね。

この句を当節の人たちに、そのまンま当てはめてみるとどうでしょうか。

伝統の年越し行事のほかに、改めて復活した年越し行事が各地にある。それにつき合って、いえ、別につき合わなくったっていいんですが、一年の締めくくりと、新しい年を迎えるという想いがこもる。そこで無理をしてつき合って、とどのつまり、**へべれけ**になってのご帰館。何が何だかわからないまま、布団にもぐり込む。

午過《ひる》ぎになって、布団の中で、うすぼんやりした眼でテレビを〝聞いているなり四方の春〟。

テレビといえば、各放送局は練りに練った企画番組を、大晦日の深夜から元日の明け方近くまで流している。ガチャ、ガチャとチャンネルを回しては番組につき合い、布団にもぐり込むのは、これも明け方。そんな時間に休むものですから、眼を覚ますのは、どうしたって遅くなる。眼が覚めてもすぐには起き出せない。布団の中で、チャンネルを自動コントロールして、なおもテレビを見てしまう。これも〝聞いているなり四方の春〟。

ようやく起き上がったその瞬間、フラフラッとして、つまずいて転んでしまった。起き上がると、また転んでしまった。

「えーいッ。正月早々から縁起でもねぇ。いっそ起き上がらなきゃよかったんだ」

と、妙な反省。

冬なのに初春

ところで、春夏秋冬の中の春とは別に、新年も春といってますね。新春《しんしゅん》とか初春《はつはる》とかいう文字を、年賀状ばかりでなく、いろんな印刷物で見かけますな。

「お父さん、お正月は冬なのに、どうして春というの？」

「む、それはだね。そのォー、つまりだ。冬でも春のような、あったかい日があるからなんだよ」

「じゃ、寒い日はどういうの？」

古い暦——陰暦では、元日と立春との日のズレが小さかった。ほとんど同時に来たので、春という字を新年にも当てたと、こういうことですね。ちなみに、昭和四十八年は、古い暦で元日と立春とが一ン日《ち》ちがいでした。年によっては、元日より立春が先になることだってあった。これを「年内立春」といってたそうですな。

一衣帯水《いちいたいすい》といわれる海の向こうの国、中国では旧の正月を祝っておりますね。で、これを「春節」といって、やはり春の字を入れておりますね。

え―、日本では明治六年（一八七三）の一月一日から、それまでの太陰暦（陰暦）を、太陽暦（陽暦）に改めました。月によっては多少違いますが、陰暦は陽暦よりも、およそ四十日くらい後《おく》れてやってきます。

立春といえば、その前の日が節分。その節分の夜に行われるのが追儺《ついな》。炒《い》った大豆を枡《ます》に入れて、「鬼は外、鬼は外、福は内」。まだマンションなんかがそんなに多くなかったひところまでは、あっちの家からも、こっちの家からも、鬼を追っ払う、のんびりとした**鬼やらい**の声が聞こえておりましたな。この追儺を大晦日に行っていた時代もありました。季節とは別に、一年の締めくくりとして行われていた、というわけですな。

年越しで、近所ではにぎやかな豆まきの声。ところが、ある大店《おおだな》の旦那さんも番頭も、寄り合いがあって、夜遅く帰るとの連絡が店にありました。

豆まきは丁稚《でっち》の吉《きち》どんにでもやらせるがよい、とのこと。そこで吉どん。枡の中の豆をつかんだものの、慣れないこともあって緊張のあまり、

「お、お、鬼は、鬼は………」

と、口ごもるばかり。店の門口《かどぐち》にいた鬼は欠伸《あくび》をしながら、

「おいおい。俺は出るのか入るのか、一体どっちなんだい！」

松がさね

大晦日と元日とは、たったの一ン日違いで去年今年《こぞことし》。きのうときょうとでは、京都でも東京でも、どの地方でも冬であることには変わりがない。そこを暦が先手をとって、無理して初春にしてしまう。で、人間さまも一日違いで、それに合わせて正月の形にしてしまう。そして正月気分を盛りあげる。気分、気分ですよ、正月というもンは。ちなみに誰も二月気分とか、八月気分なんてヱことはいいませんですな。

正月に、それぞれの我が家にいる人たちは、元日は大体、家ン中でゴロゴロしている。二日になって、初詣でや年始なんかに出かける。その際、ご婦人やお子さまたちは、新調した洋服か着物をお召しあそばします。というのはもうかなり前のこと。

今じゃ洗濯屋さんから受け取って、洋ダンスに吊しておいたままのア・ラ・モードの洋服を着て、お出かけになる。この正月の春着《はるぎ》、晴着《はれぎ》のことを、**松がさね**といってきた（着）ました。

　初詣で着古《きふる》しジーンズ松がさね

当節、大きな神社の初詣での人たちの中で、ちょくちょく見かけるお姿でございます。三箇日《さんがにち》を送って四日は一応、**仕事始**ということになってますな。農家の皆さんは、**鍬**《くわ》

入《いれ》。今は農作業の機械化が進んでますから、形だけの鍬入。漁師さんは**漁始**《りょうはじめ》。民間の会社、工場などでも仕事始。

官庁では、上に御《ご》の字がついて御用始。それにしても、御の字は一体誰がつけたのでありましょうか。昔むかし、**官尊民卑**のころ、民間がおエライお役所に対し奉り、あえて御の字をつけたのでありましょうか。

「そう、四日からも連休で、結局御用始が二日先に伸びちゃってさ」

「そりゃ御《おん》の字《じ》だったな」

時代劇テレビドラマの中で、その年初めての**大捕物**《おおとりもの》が放映されました。盗賊どもを取り囲む捕手《とりて》の面々《めんめん》も、お役人の端《はし》くれ。手に手に、御用と書かれた捕物提灯を持っている。そして口々に叫んでいる。

「御用！　御用！　御用だ！」

時あたかも正月四日。そこで御用始とこそは名付けられたりけり。えー、ご存じのとおり、むろんそんな言葉の由来はございません。

若菜摘む

秋の七草が、どちらかといえば眺めて楽しむ鑑賞用の草花であるのに対して、春の七草は薬用として、あるいは食用として使われてきました。今もって、**すすって**いる七草粥の材料ですな。

せり、なずな、ごぎょう、はこべら、ほとけのざ、すずな、すずしろ、春の七草。この七草などを摘み採ることを、**若菜摘み**といってきました。若菜摘みが、いつの時代から始まったものか、これもはっきりとわかってはおりません。

若菜摘みについて、萬葉集の中に、短歌ではなく、長歌の形の一つとして、有名な歌がございますな。大泊瀬稚武尊《おおはつせわかたけのみこ》の御製歌《おんみうた》。つまり、雄略天皇の御歌《おんうた》として、

籠《こ》もよ、み籠《こ》持ち　掘串《ふくし》もよ
み掘串《ぶくしも》持ち　この岳《おか》に　菜《な》　摘《つ》ます児《こ》
家《いえ》聞《き》かな　告《の》らさね……

と、歌はこのあとも続くわけでして、この歌の、おおよその意味は、〝いい籠《かご》を持って、そして、土を掘るいい道具を持って、この岡で若菜を摘んでいる娘さんよ。あなたのお家《うち》はどこですか。いいなさいよ、ねェ〟とまァ、こんな内容なんだそうです。この

あとに続く歌は、〝私はこの大和《やまと》の国を治めている者だが〟、と自己紹介をし、またも娘さんに、優しく、どこの誰ですか、と問いかけているんですね。

大昔はこういうこともあったんですなァ。何とまァおおらかで素直で、しかも美しい問いかけなんでしょう。素直な天皇《すめらみこと》と初初《ういうい》しい娘さんの姿が、こう、眼の前に浮かびあがってくるような歌ですねェ。むろん天皇のまわりには警護のSPもいなかったでしょうし、遠くで歓迎の意を表《ひょう》する群衆もいなかったでしょうな。

雄略天皇は、古事記と日本書紀の伝えでは、意志が強く、精力的で、時には粗暴な振《ふる》舞《まい》もあったとか。だからといって〝籠もよ、み籠持ち〟で始まるその歌が、まさか娘さんを口説《くど》く歌なんかではありますまい。雄略天皇は、およそ五世紀後半のころ、ご在位の方だったと伝えられております。

そのころ、中国では南北朝時代。ヨーロッパではフランク王国が誕生した時代。日本では、その時代が若菜摘みの**濫觴**《らんしょう》ではなかったはず。何故ならば、いろんな出土品などから、そのずっと前の縄文人たちも、もう薬草として、センブリやサンショウ、ノビル、それにマタタビなどを使っていたといわれています。それにしても七草の行事として始まったのは、平安時代の初めのころといわれてますから、長い歴史をもっていることには違いありません。

初めのうちは宮中の、**やんごとなき**方々が、正月七日に七草粥をすすっていたらしい。それが江戸時代の半ば過ぎになりますってェと、江戸や京都、大坂（阪）などの大都市ばかりでなく、地方の小都市の一般家庭にも普及し、この行事は定着しました。

正月七日、みんなで将棋を指しているところに、見栄っ張りの男の家から、地方出身のお手伝いさんが、家の人の言葉を伝えにきました。

「旦那さん、お粥ができたよ」

「む？　む」

と、渋い顔をして外へ出た旦那。お手伝いさんに、

「これお芳《よし》。みんなが聞いているじゃないか。お粥と言わずに**御膳**《ごぜん》と言え」

「でも今日は七草だべ」

「それでも御膳ができたと言うんだ」

あくる日の午《ひる》近く、**件**《くだん》のお手伝いさん、また将棋の会所に顔を出しました。

「旦那さん、あのう、今度は御膳ができたよ」

すると、見栄っ張りの割には根が締《し》まり屋《や》の旦那ですから、日常の**茶飯事**は、その言葉どおり、茶は出がらし、主食はお粥。で、ついうっかりと、

「む、わかった。じゃ、一杯すするとするか」

江戸時代の後半、江戸の街中《まちなか》には、近郊農村地帯から、前の日の六日に、農家の人が七草を売りに来ていたそうで。その七草を、

〽七草なずな　唐土《とんど》の鳥が　日本の国へ
　渡らぬ先に　七草なずな　ストトコトントン

所によって詞《ことば》は多少違ってますが、ま、こんなような唄を、包丁で俎板《まないた》に音を立てながらうたって刻んでいた。その刻んだ七草を容器に入れて、いったん水に浸しておく。あくる朝、七草粥を作る前に、女性は別の水で綺麗に洗った両手の指先の爪を、七草を浸した水につけてから切る。七草に、その年初めて爪を切ることを、**七草爪**《ななくさづめ》というんだそうですな。七草爪は、その年一年の**邪気**《じゃき》を払うというおまじない。

琴の音やむ日七草爪をとり

正月七日までの松の内はお客さんが多く、その家の娘さんかお嫁さんかが、かねて腕達者だと聞かされているお客さんの**所望**《しょもう》で、琴を弾く。七草になって、松の内が過ぎると、琴の音色が聞かれなくなった。七草爪をとったからだというわけです。琴を弾く琴爪と、人間の指の爪とを掛け合わせた川柳ですね。

七草爪も、女性の白く細い指の爪だからこそ色ッぽいんでありまして、むくつけき男性の、黒くて太い指の爪じゃあ色気なし。

当節、七草粥を作ろうにも、昔のように、材料にする肝心の七草を売りになんか来てはくれません。第一、都市の近郊には、七草を作る農家が極端に減ってきています。

「あったわよ、七草が」

大喜びしたのは古風な事が大好きな、どこかのお母さん。手にしているのは、何とスーパー・マーケットで売っていたという、パックにセットされている春の七草。それはビニールハウスで栽培された七草。

「さ、うたって刻みましょう。七草なずな、唐土の鳥が……ってね」

やおら七草入りのパックを開きますてェと、おや、もうきちんと刻まれているじゃありませんか。ストトコトントンと包丁で俎板に音を立てながら、唄をうたう術《すべ》もありません。〝嗚呼《ああ》！　七草よ七草粥よ、そして唐土の鳥よ〟。

七草の中でも、自然に生えている芹《せり》なんかを、農村で時々眼にすることがありますね。一面雪に覆われた銀世界の中でも、小川だけは冷《ひ》えびえとして、さらさらと流れている。岸辺には冬のさなかだというのに、緑の**水茎**《みずくき》が眼に入る。水茎は澄んだ水の中でもよく見えている。

水茎は、みずみずしい草の茎のことで、そこから筆で書いた字が上手で綺麗なことをいう、一つの誉《ほ》め言葉になっておりますな。おりました、というべきでしょうか。で、**水茎の跡**といえば筆跡のこと。古文にも、水茎の跡おん美《う》るわしく、なんてェひとくだりを見ることがありますね。

昔、この水茎の跡がちっとも美わしくない筆をもつ若者が、彼女へ送る**付文**《つけぶみ》、ラブレターですね、その付文を美わしくしようと、一所懸命、習字を続けた。そりゃ涙ぐましいほどでした。

当節だって、筆字ではないにしても、万年筆やボールペンなんかで、そうやって努力している純情な若者もいる。ワープロじゃ心が通じないというわけですな。

で、件の若者、正月の書初《かきぞ》めには、松と竹という字を筆で書いた。自分じゃうまくできたと思って、ひそかに知り合いの盆栽づくりが上手な植木屋さんに、その字を見せたんですな。

「む、松の字が実にいい」

「竹はどうですか？」

「いや、何といったってこの松だ。松もこのくれェ、ひねっこびて、**いがんで**くるってェとこりゃ、な、たいした値打ちもんだよ」

十日戎《とおかえびす》

松の内を七日までとする地方もあれば、十五日まで、二十日まで、中には正月いっぱいを、松の内にしている地方もあるようですな。

正月十日は、十日戎。全国各地に戎祭りはありますが、とりわけよく知られているのが、大阪市今宮《いまみや》戎神社と西宮市の戎祭りでんな。

大阪の今宮戎には、もう何十万人という参詣の人たちが、恵比須《えびす》さんの福を求めてやってくる。七福神の中でも、恵比須さんは、ご存じのとおり、人間さまにとりわけ幸福をもたらして下さる神さま。商売繁盛も叶えて下さる神さま。ところが、この神さま、少々お耳が遠いとの言い伝えがありまして、ですからお参りに来た人たちは、口々に大きな声で、

「えべっさん、ただ今宮に参りました。福おくれんけぇーッ」

と、もう叫ぶような大声。そんな中で、うら若い、どこかの料理屋の若女将《わかおかみ》さん風の女性。眼を閉じて、じっと手を合わせ、頭《こうべ》を下げて、静かに祈っているその姿。

えべっさん願う項《うなじ》の美しく

この日、大阪南地、宗右衛門町などの芸妓《げいこ》はんたちが、それぞれ、四本の柱に紅白の

布を巻きつけた駕籠に乗ってお参りするのが**呼《よ》び物《もの》**。その駕籠を、揃いの衣装を着た人たちが、「ホイカゴホイカゴ」と威勢のいい掛け声を出し合って担いでいく。そのホイカゴを縁起のいい字に当てはめて、芸妓はんたちの、この駕籠の参詣を、寶恵駕籠《ほえかご》といっておりますな。

この寶恵駕籠は、同《お》ンなじ正月二十五日、これまた同ンなじ大阪市天満《てんま》の、天満宮の初天神でも繰り出されています。乗ってくるのは北新地《きたのしんち》、曾根崎などの芸妓はんたち。

初天神

天神とは、後でもふれますが、菅原道真を神さまとして祀った社《やしろ》。もしくは神さまになった道真自身のことですね。ふつう、菅原道真の菅の字をとって、彼は菅公《かんこう》とも呼ばれてきました。菅公は延喜三年（九〇三）の二月二十五日に亡くなって、のちに学問の神さまとして祀られた。そのお社が、各地にある。それが天満宮。

で、命日の二十五日が天神さまの縁日です。正月の二十五日は、その年初めての天神さまの縁日ということで、初天神として、特別に扱われてきたんですね。

天神さま——菅原道真さんは、とりわけ梅の花がお好きだった。筑紫《つくし》の国、大宰府《だざいふ》に行かなければならなくなった時、我が家の梅へ歌のメッセージを残しておりますな。

東風《こち》吹かば匂いおこせよ梅の花

あるじなしとて春な忘れそ

当節、地方によって多少のズレはありましても、初天神はちょうど梅の花の咲くころですな。事実、各地にある天神さまのお社には、必ずといっていいくらい、梅の木が植えられておりますね。初天神と梅の花が開いていることとで、初天神は毎年、大勢の人出で賑《にぎ》わっております。

中でもよく知られているのが、京都北野天満宮の初天神。ここでは、ひところまで願いをもつ人たちの**お百度踏み**が行われていたとか。大阪天満の天満宮では、先ほど申し上げた寶恵駕籠も出ておりますな。

菅公が流された、といったって海や川なんかへじゃあありませんよ。政治上のトラブルで流された所は、京の都から遠く離れた、筑紫の国の大宰府。そこで今の福岡県太宰府市にある太宰府天満宮でも、今も盛大な初天神が行われておりますな。

東京都江東区亀戸《かめいど》にある亀戸天満宮でも、正月七日の太宰府天満宮と同様、正月二十五日の初天神に**鷽替**《うそかえ》神事が行われています。もともと太宰府の方が先だったらしく、江戸時代の文政年間（一八一八―二九）に亀戸に伝えられたものらしい。飛び梅の伝説とあ

いまって、
　神事の鷽筑紫から江戸へ飛び
　鷽というのは鳥でして、雀よりもちょいとばかり姿が大きく、オスは顔から咽喉《のど》あたりが濃い紅色をしてます。メスにはその色がありません。全体に優美な姿かたちをしていて、私たちが「ヒューヒュー」と口笛を吹くような、やや哀しげな鳴き声で鳴く鳥なんですね。
　見聞《みき》きする限り、美しくもまた哀《かな》しくもある鳥なんですが、如何《いかん》せん、これから開こうとする花芽《はなめ》をついばみますから、美しくもまた哀しくもありながら、みんなからあんまりモテない鳥なんですな。第一、ウソという呼び名からしてモテるわけがない。
　当日、木で作ってある去年からの鷽のおもちゃを持っていき、神社の境内で、口々に「替えましょう、替えましょう」と言いながら、相手かまわずに、木製の鷽を交換し合う。そうすることによって、木製の鷽に宿っていた去年からの罪や汚《けが》れなんかを捨ててしまう、というわけなんですね。ま、嘘をついたこともその一つでしょう。
　しかし何ですな。鷽を交換し合えば、結果的に、相手側の罪や汚れ、それに嘘なんかを自分が背負《しょ》い込んじまうことになってしまう。これじゃ何にもなりませんですな。
　そこで交換する場に、神社側から金の鷽を、といっても金のメッキだということですが、その金の鷽のいくつかを、参詣に来た人たちの中にひそかに入れ込んでおく。それを受け取った人たちが、その年、とりわけラッキーに恵まれると、こういうことなんですね。この鷽替のお話は、どうやら嘘ではなくて本当らしい。で、参詣に来た人たちは、いったんは他人の鷽を手にはしたものの、あとで捨てて、また鷽の新品を買って帰るというわけですな。ところが、

亀戸へ行くと息子はうそ神事

鷽替神事へ行くと、どら息子は親にそう言って家を出ましたが、行き先はむろん天神ではなく心うきうきする良からぬ所。天神さまは、さぞ苦々《にがにが》しく思っていらっしゃることでしょう。でも、あちこちにある天満宮の境内は、年々、馥郁《ふくいく》たる梅の匂いに包まれておりますな。

ふるさとの天神さまの梅の花

カルタをかたる

えー、正月には家の内外《うちそと》でやる伝統的な遊びがいろいろありますね。厳密にはあった、というべきですかな。当節、とりわけ都市の街角《まちかど》なんかで、外での遊びはほとんど見か

けない。原因はさまざまあげられましょうが、第一、遊ぼうにも場所がない。原っぱなどはむろんのこと、広場てェものが少なくなった。家の中では、そもそも子供たち、娘さんたちが、友達を家に連れてきて遊ばなくなった。外でも歓声をあげて遊ばなくなってしまった。

外国旅行をしたり、国内ならばスキーへ出かけてしまったり、中には正月早々塾通いという子供もいる。家ン中では、独りパソコンやテレビゲームを楽しむという、可愛気があるとはいいにくいお坊ちゃまもいらっしゃる。

それだけに、狭い公園なんかで、親子の凧揚げ風景や、娘さんたちの羽根つき、男の子たちの独楽《こま》回しなどを、たまたま眼にしますてェと、何かホッとした気分になる。やはりこちらがお歳のせいなんですかな。手前どもの子供のころは、正月はもう朝から夕方まで遊びに夢中になってました。いえ、遊びに夢中になってたのは、別に正月だけに限ったわけじゃあない。

独楽を漢字に当てはめますってェと、独り楽しむとなる。ところが独楽は独りで回してみても、ちっとも面白くない。みんなして遊ぶからこそ楽しいんですな。独り楽しむのは、ひょっとしたら、クルクル回してもらえる、独楽そのものじゃあないんでしょうか。

家ン中での遊びといえば、小人数で楽しめる、例えば双六《すごろく》や福笑《ふくわら》い、それに歌留多《かるた》なんかが、ひところはよく行われていました。

カルタ遊びのカルタには、いろんなものがありますな。手前どもが子供のころ、まず教えてもらったのが「いろはカルタ」。例の「いろはにほへと」の頭の一字から始まって、**警句**や**人生訓**なんかを入れ込んだものですな。

「いろはにほへとちりぬるを」が、「色《いろ》は匂え《にほへ》ど《と》散《ち》りぬるを」で、こむずかしく言いますってェと、「**諸行無常**《しょぎょうむじょう》」のことなんだそうですね。次の「わが《か》世《よ》誰《た》れぞ《そ》常《つね》ならん《む》」が「是生滅法《ぜしょうめつぽう》」。そのあとの「有為《うゐ》の奥山今日《おくやまけふ》越《こ》えて」が「生滅滅已《しょうめつめつい》」、おしまいの句が「浅《あさ》き夢《ゆめ》みじ《し》酔《ゑひ》もせず《す》」。これは「寂滅為楽《じゃくめついらく》」。

何でもこれは、お釈迦さまの教えだともいわれておりますな。そんな理屈を考えますってェと、「いろはガルタ」が何か湿っぽくなってくるような気がしますから、この理屈はこの辺で。

この「いろは」四十七文字と、亡き主君、浅野内匠頭《たくみのかみ》の仇、吉良上野介《きらこうづけのすけ》を討ちとった赤穂《あこう》浪士《ろうし》四十七人とが、数の上でぴたりと合うこと。仮名文字が当時の習字の手本になっていること。それに赤穂浪士の行為が、武士社会の絶対的モラル、忠義の手本という意味もふくまれていること。そんなことなどから、竹田出雲《たけだいずも》たち三人の作家が、「假名《かな》手本忠臣蔵」と題した浄瑠璃を作りあげました。

「假名手本忠臣蔵」は人形浄瑠璃（文楽）となり歌舞伎となり、太平洋戦争が終わってから映画化され、そしてテレビ・ドラマになったこともご存じのとおりでございます。

そうそう、芝居好きのご家庭では、「忠臣蔵ガルタ」も行われてきたようですね。例えば「い」が「**遺恨**《いこん》をはらす由良之助《ゆらのすけ》」。「え」は「縁の下に斧九太夫《おのくだいゆう》」。「お」は「お軽《かる》は二階で延鏡《のべかがみ》」。

ふつうの「いろはガルタ」は、江戸系、尾張名古屋系、それに上方系と、この三つがあるんだそうですな。この三つの系列は、いろはの「い」の字に続く文句からして違ってます。

江戸系は「いぬ（犬）も歩けば棒にあたる」。このことから江戸系のカルタを「犬棒《いぬぼう》ガルタ」などといってきました。尾張名古屋系は「一《いち》を聞いて十を知る」。そして上方系は「石《いし》の上にも三年」、また「一寸先《いっすんさき》は闇」というふうに違っています。この三つの系列に、一つの文句がそれぞれに交じり合っているケース、あるいは地方によって独特の文句の「いろはガルタ」もあるようでございます。

面白いことに、同ンなじような表現ながら、逆のことを意味している文句もあるんですね。「粋《すい》は身を食う」がある一方では、「芸は身を扶《たす》く」。むろん粋と芸とは違った意味ですが、ニュアンスとして似通ってなくもない。

「おい八つぁん。おめえ、さっきまでべらべら大きな口をきいてたけど、どうしたい。将棋がいけなくなっちまったら、ウンともスンとも言わなくなったじゃねぇか。ウンとかスンとか何とか言ってみたらどうだい」

「じゃ言うよ。スン！」

えー、このウンもスンもともに、もともとポルトガル語だということですな。そういえば私たちの生活言葉の中には、英語ばかりでなく、オランダ語やポルトガル語なんかが、もうすっかり定着しちまったものがたくさんありますね。遠い昔から、いわゆる南蛮人たちがもってきた言葉ですね。

ウンもスンも、ともにその中の言葉。で、ウンは、ひと言《こと》ふた言いった、その、ひと言の意味で、スンは最高という意味。

カルタ遊びで、勝っていたさっきまでは、最高の気分でスン。ところが形勢はたちまち逆転。敗色濃厚となって、威勢よくしゃべりまくってましたが、口数は次第に少なくなり、今はただ返事するひと言だけ。そのひと言がウンで、「ウンスンカルタ」というカルタ遊びもあったそうですね。ま、カルタ遊びてェものは、とかくウン（運）だけでスン（済ん）じまうことも、ままあるようですな。

優雅なカルタ遊びとしては「歌歌留多《うたがるた》」。基本的には、和歌を書き入れたカードの、三十一《みそひと》文字《じ》の上の句を読み手が読み、下の句のカードを、向かい合った数人、もしくは二人が取り合うというゲームですね。

この「歌歌留多」の中には、源氏物語の中の和歌を材料にした「源氏歌留多」や、在原業平《ありわらのなりひら》ゆかりの伊勢物語の和歌を扱った「伊勢物語・歌歌留多」。それに「三十六歌仙・歌歌留多」。「古今和歌集・歌歌留多」なんかもあったようですな。いやはや、もう名前を聞いただけでもウンザリしてしまうものばかり。とてもゲームをしようなんて意欲はわきませんですな。

私たちに一番なじみがあり、今日《こんにち》まで続いているのは、例の「小倉《おぐら》百人一首」の歌歌留多。東京下町で育った方の中には、ヒャクニンイッシュとは言いませんで、ヒャクニンシと言う方もいらっしゃるようで。ま、愛好者の皆さんが多いことは確かです。

「小倉百人一首」は、およそ八百年前、鎌倉時代の初めのころ、藤原定家《ていか》という歌を詠むこともうまいおじいさんが、都（京都）のはずれ、小倉山《おぐらやま》にある彼の別荘で、平安時代から鎌倉時代までに綴られた十の歌集の中から、百首の和歌を選んでまとめあげたものだということですね。
九十九は撰《えら》み一首は考える
こんな皮肉な川柳も残っております。つまり百首のうち、九十九首まで適当に選んでおいて、残り一首について全体のバランスをみて、さてどの歌にしたらよかろうかと、長い時間をかけて、真剣に考えたというわけですね。その残り一首こそ、彼、権中納言《ごんちゅうなごん》藤原定家その人の歌なんです。

こぬ人をまつほの浦の夕なぎに
やくやもしおの身もこがれつつ

定家は「小倉百人一首」を、カルタ遊びの材料として選んだわけじゃない。カルタ遊びとして定着したのは、ぐっとぐっと後の世の、江戸時代の末のころからなんだそうですな。

そもそもカルタなる言葉も、ウンスン同様外来語からきているということ。カルタはラテン語で紙片——紙っ切れの意味。英語ではカードというわけです。

お医者さんが、「どうしましたか?」とかなんとか言って、患者さんの症状や容態なんかをドイツ語か英語かで書き込むカルテ。あの紙っ切れ、といっちゃあなんですが、カルテもカルタからきた言葉なんですな。人の命の生死を決めかねない重要なデータのカルテと、遊び道具の一つカルタとが、雑駁《ざつぱく》にいって同ンなじ語源だとは、いやはや面白いですなァ、と言っちゃあ不謹慎ですかな。

あっ、そういえば、スペードやハートなどのマークの入ったトランプ。あれも正しくはカードなんですが、その昔、異人さんたちが紙っ切れ、つまりマークの入ったカードで遊んでいるうちに、誰かが「トランプ!」と言ったのを、傍で見ていたわが大和《やまと》びと、そのカードのことを、てっきりトランプというものだと思い込んじまったんですな。で、今でもマーク入りのカードを、トランプと呼んでる人たちが多い。トランプとは、カードのゲームの最中に扱う、**切札**のことなんだそうですね。ゲームの内容によって切札は違いますが、例えばスペードのエースなんかがすなわち「トランプ」。

百人一首といえば「小倉百人一首」のことだと、多くの人たちが、そう思うようになったのが、先ほどお話しした大体江戸末期のことらしい。明治時代に入って、ローマ字で書いた百人一首が出てきた。曰く「横文字百人一首」。続いて「童戯《どうぎ》百人一首」が現れた。これは上の句だけのパロディーで、例えば猿丸大夫の歌として、

黄昏《たそがれ》の調練場所にラッパ吹く

声きく時ぞ秋は悲しき

あんまりうまいパロディーとは思えませんな。これにくらべますってェと、当節も盛んに作られておりますパロディーの方が、はるかに巧みです。風刺がきいていたり、ペーソスがあったり、極めて人間的な百人一首のパロディーですね。

猿丸大夫の本歌、上の句は、「おくやまに紅葉ふみ分け鳴く鹿の」ですね。ところがカルタとりの腕がいい、どこかのお嫁さん。読み手が「おくやまにィ」と読み始めた途端、

「はい！」とばかりその札を撥《は》ねとばす。そこで、

鳴く鹿の声をきかせず嫁はとり

オツな川柳ですな。

ところで百人一首の中に、喜撰法師の歌として、

わが庵《いお》は都のたつみしかぞすむ
世をうじ山と人はいうなり

この中の「しかぞすむ」を、うじ山（宇治山）だから鹿が住んでいると思い込んでいる人たちが意外に多い。手前どももその一人でした。ところが「しかぞすむ」は「鹿ぞ棲む」じゃあなくて「然《しか》ぞ住む」。つまり、かくかくこのように私は住んでいるんだよ、

ということなんだそうですね。

しかし実際の喜撰というお坊さん、平安時代の人らしいんですが、いつごろどこで生まれて、いつごろどこで亡くなったのか、まったくもってわかっておりません。一説には民間の吟遊詩人だったともいわれていますが、それじゃどうして宇治山に、しかぞすむなんて歌を詠んだんでありましょうか。しかとわからない。

それはともかく、吟遊詩人という伝説をふまえたものでしょうか、江戸時代の天保年間（一八三〇〜四三）に、この喜撰は歌舞伎の所作事（舞踊）に「喜撰」として初めて上演され、今、平成の時代でも、人気所作事の一つとして、大勢の観客の皆さんから喜ばれています。そりゃ喜ばれるのも当然でしょうな。名前からして喜撰ですから。

所作事の「喜撰」は、京都祇園の桜の下で茶汲みの女性を相手に、ユーモラスなエロティシズムを決して生臭くなく品よく出し、**チョボクレ**や**住吉踊り**などを披露するといったストーリー。その所作事を観客は喜びますが、一番喜んだのは、たとえ作りごととしても、祇園でモテモテの喜撰坊さん自身じゃあないでしょうか。

七十九男《おとこ》で二十一女《おんな》

わかったようなわからないような川柳ですが、実はこの川柳、百人一首の百人の歌詠みのうち、男性が七十九人で、女性が二十一人ということを表現しております。その女性たちはその時点ですべてお姫さま、ということになってますな。お婆さんはいらっしゃいません。カードに描かれた女性の絵も確かにお姫さま。

七十九人の男性のうち、先ほど話の出た喜撰法師を含めて十三人がお坊さん。この十三人のお坊さんと、二十一人のお姫さまとを軸にして、百枚のカードで遊ぶのが、ご存じ、坊主めくりというゲームでございます。これはカルタとりではありません。絵でわかりますから、まだ和歌を読めない幼いお子さんたちでも楽しめますな。

このゲーム、誰が考え出したものか、誰が名付けたものか、ね。今現実にお寺でおつとめになっていらっしゃるお坊さんには失礼かとは存じますが、坊主めくりとは、いみじくも名付けたり。仮にですよ。坊主めくりじゃなくて、姫めくりとかなんとか名付けたとしたら、これはいささか穏やかじゃあありませんですな。

坊主めくりは、坊さんの絵が描かれてあるカードを、運悪くめくってしまいますってェと、これまで溜めていたカード全部を捨てなければならない。その逆に、運良くお姫さまにめぐり（めくりではない）逢いますと、その場にあるカード全部がもらえるという、ごくごく単純なゲーム。ですからその都度一喜一憂もしますが、終わり良ければすべて良しで、最後にお姫さまにめぐり逢えればいいということになりますね。

姫札《ひめふだ》にめぐり逢えた時の嬉しさとちょっぴり気恥ずかしさを感じた、遠い昔の少年時代のひとコマが、甘くも懐かしくも、思い出されてこようというものでございます。

百人一首のカルタ遊びに、どことなく和《やわ》らいだ雰囲気があるのは、和歌の中に恋を詠んだ歌が多いことも、その理由の一つかも知れませんですな。はっきりと恋を詠み込んだ歌が四十三首。そのほか、四季折々の風物の中に、恋の想いを託している歌を合わせますってエと、「小倉百人一首」の選び方には、恋愛ということに、かなりポイントがおかれているようですな。歌を選んだ藤原定家が、その時点でおじいさんであるにもかかわらず、恋という行為が好きだったのか、逆に恋に対するインフェリオリティー・コンプレックスがあったものか。ま、どちらにしても、定家さんがその恋の歌をたくさん選んで下さったおかけで、今日《こんにち》、私たちも何となくホンワカとした気分で、カルタとりにひたれるというわけでしょうな。

この百人一首のカルタとりを、小説の材料にしたのが、作家の尾崎紅葉です。例の貫一お宮の悲恋物語「**金色夜叉**《こんじきやしや》」の中で、紅葉はカルタとりのところを、次のように描いております。

「……三十人あまり若き男女《なんによ》はふたわかれに輪《わ》つくりて、今を盛りと歌留多遊びをするなりけり……」

文中にある明治時代の西洋間《せいようま》が醸《かも》し出す、ムンムンとした、一種独特で異様な雰囲気がうかがえるようですな。男女七歳にして席を同じうせず、といった封建道徳や儒教倫理なんかが、まだまだ残っていた時代。そんな中でただ一つの例外は、正月のカルタ遊び。ですから若き男女たちは、当節でいうところのルンルン気分。

その場に嫁探しにやってきたのが富山唯継《とみやまただつぐ》という、苗字からしてお金持ちらしい男。いやらしくもダイヤモンドをちらつかせながら、鴫沢宮《しぎさわみや》という女性を見初めるのが、小説「金色夜叉」の悲劇の発端というわけですな。この「金色夜叉」を、キンイロヨマタと読んだ昔の中学生がいたそうです。何となくわかるような気がしないでもありません。

明治三十年に、このキンイロヨマタじゃなくて「金色夜叉」が発表されてから、百人一首が歌ガルタとして、一般にひろまったということです。

山口県地方も百人一首のカルタ会が盛んなところです。ひところまで、正月にカルタ会をしている家があれば、たとえ見知らぬ人の家であっても、ズカズカと上がり込んで、ゲームに参加してもよかった。その山口県から、百人一首のカルタとりゲームの女性第一人者、つまりクイーンが、数年間ずっとその王座を占めていたことも、またむべなるかなでございます。

貫一さんと宮さんとは悲劇的な結末となりましたが、ま、これは小説の中でのこと。実際のカルタ会で、ハッピーエンドとなったカップルも、必ずいたと思いますがいかがでしょうか。

かるた会夜更《よふ》けて帰る二人づれ
行方も知らぬ恋の道かな　　詠人不知《よみびとしらず》

さて、百人一首のカルタ遊びがいよいよ始まろうとするその直前に、その場の雰囲気を整えるためや、カード（札）をとる人たちの心の準備のためなんかで、読み手はまず、空札《からふだ》というものを一首読みあげますな。むろん百人一首にはない歌です。よく読まれるのが、重ね言葉の歌でございます。

瓜《うり》売りが瓜売りに来て売り残し
売り売り帰る瓜売りの声

ご年配の方には、さぞ懐かしい空札の歌でありましょう。

鯨《くじら》ほゆる玄海灘を過ぎゆけば
ゴビの砂漠に月宿るらん

スケールは大きいんですが、ちょいとばかりバランスの崩れた空札ですな。もう一首、働くことのモーレツ社会、ニッポンにふさわしい空札。

勤《つと》めてもまた勤めても勤めても

勤め足《た》らぬは勤めなりけり

変わったものでは、百人一首から春夏秋冬の歌一首ずつを抜き出しまして、その中の一句をつなぎ合わせた、変なカレンダーのような歌にしちまったのが、次なる空札。

夏の夜は秋の草木《くさき》の八重桜

紅葉《もみじ》の錦《にしき》雪は降りつつ

これじゃ心の準備どころか、ゲームを始める前から頭がこんがらがってしまいそうですな。

えー、正月のある一日。歌人であります柿本人麿呂《かきのもとのひとまろ》の屋敷に、やはり同ンなじような歌詠みの仲間が集まりました。かの猿丸太夫《さるまるだゆう》、喜撰法師、それに紀貫之《きのつらゆき》などの面々。

彼らのお供をしてきたのは、新しく雇われた、**むくつけき**男たち。で、その中の一人が次の間《ま》を覗きますってェと、人麿呂のお手伝いさんたちが、名の知れた和歌や歌詠みなどを入れた会話をしている。

「わたくしは、在原業平さまに、身をつくしても逢わんとぞ思いますが、あちらさまはやんごとなきお方、まだ文《ふみ》を見ず天の橋立。ほんまにじれったいことでございますわいなァ」

するとと話の相手になっているお手伝いさん。

「それはほんまにお気の毒な。いずくも同じ秋の夕暮れでございますわいなァ」

お供をしてきたかのむくつけき男。

「ほほう、さすがは人麿呂さまのお屋敷のお手伝いさんたちやな。話す言葉からして、えらい品があるんやなァ」

ほとほと感心したンですな。むくつけき彼自身、歌入りの会話だと知ってるところが、この話の面白いところ。で、今度は、人麿呂の男性の、やはりむくつけきお供たちの部屋を覗いてみますってェと、みんなが**車座**《くるまざ》になって、カードはカードでも、表面に四季折々の花の絵なんかが描いてあり、裏側が真ッ黒な、やや小型のカードを嗜《たしな》んでいる。もう一方の車座では、壺《つぼ》にサイコロを入れ、それを振っては、その場の畳に、さかさに押しつけて怒鳴っている。

「ええな、ええな。長歌短歌《ちょうかたんか》！（丁か半か！）」

覗き見していた、かのむくつけき男、

「ほほう」

またしても感心したのでございます。

東京下町を流れる隅田川には、いくつかの橋が架けられています。理屈を言う人は、「ハシはそう多くはねぇよ、ほとんどがバシだ」

なるほど、両国橋《りょうごくばし》、清洲橋《きよすばし》なんかもバシ。新大橋《しんおおはし》はハシですな。その一つに言問橋《こととい ばし》がある。この橋は「小倉百人一首」に別の歌で入っております、在原業平の歌にちなんで名付けられたんですね。彼業平は、いーい男としても有名ですな。「むかし業平いま志ん朝」なんてね。どなたがおっしゃったんですか？　有難うございます。

その業平さん。いーい男だけに女性にはモテモテ。その女性関係がもとで、京の都を離れて、はるばる東《あずま》の国へと下《くだ》らざるも止むなしとは相成った。その東の国の、今は東京都台東区あたりに来て、隅田川の上を高く低く飛び交う鳥を見て、センチメンタル・ジャーニーを続けてきただけに、またも京の都を思い出したものか、

名にしおわばいざ言問わん都鳥
　わが思う人はありやなしやと

この歌の「いざ言問わん」から、隅田川に架かる橋の一つに、言問橋の名が付けられた、と、まァこんな由来です。

正月、その言問橋の渡り初《ぞ》めをしますってェと、縁起がいい。というのも、歌を詠んだ業平さんが美男だったから女性にモテた。で、渡り初めをしますと、（たとえ美男でなくても）その年一年中、女性から歓迎されると言い伝えられております。一生モテたけりゃ、毎年渡り初めをすればいい。

業平さんは確かにいーい男には違いなく、そのうえ、高度の恋愛技術をもっていた。ひらったく言いますってェと、女ッたらし。言寄《いいよ》る彼を、断固としてハネつけるほどの、身持ちの固い女性はいなかったらしい。逆にいえばナーさん、一見ガードが固そうでいて、内実必ずしもおかたくない女性に、大そう興味をもっていた。

業平が惚れし女に貞女なし

さて業平さんが、難波《なにわ》の住吉にある玉津島《たまつしま》神社にお参りにやってきた時のことです。男もよけりゃ頭もよく、しかもなかなか、さばけたお人ですから言うこともざっくばらん。

「長いこと歩き回ったがゆえ、いこう腹がへってきたわい。おう、幸いここに餅屋がある。皆のものも食べたがよい」

お供の人たちは業平に遠慮して、別の場所へ行ってひと休み。業平ひとりが餅屋に入る。

「ああこれこれ。餅屋の主《あるじ》。わたしにもそのうまそうな餅をくれてたべ」

「へぇ、差しあげてもよろしおますが、餅のお代、おもちでっしゃろか」

「もちあわせておらぬわ」

やんごとなきお方は財布なんぞ持ってはおりません。お供のものたちも生憎《あいにく》の場所にいて、もち代を用立てることができません。

「のう主、餅代のかわりに歌を詠んでやろう」

「うた？　ご冗談でっしゃろ。うたは餅代にはならしまへん」

「いや、わたしの女友達の、小野小町という人は、雨乞いの歌を詠んで雨を降らせた。その礼として、餅をもろうたぞ」

「へえ、小野小町はんがあんさんのお友達。するともしやあんたさんは」

「従四位上行《じゆしいのじようぎよう》、右近衛権中将《うこんえごんのちゆうじようけんごんのかみ》　兼権守、在原朝臣《あそん》業平」

「へぇーッ、あなた様が女子衆《おなごし》にモテモテの、あの業平さま」

「モテ過ぎて、焼きもちを焼く女どもが多くて手を焼いておるわい」

「手前どもは、餅屋ではございますが、焼きもちなど焼かぬ娘が一人おりまして」

「ほーお、娘がの。さぞ、もち肌をした美しい女子《おなご》じゃろうのォ」

連れてこられた餅屋の娘さん。恥ずかしいのか、頭からすっぽり布をかぶっています。

「これ、もち肌を見せてくれい」

と、業平さん。その布をとってびっくり仰天。なんと焼いた餅のようなふくれッ面《つら》。

「うへーッ」

逃げていく業平。追いかけていく餅屋の主。

「業平さま、どうかうちの娘も。あの業平さま。餅代なんかいりまへん」

ふり返った業平。

「もちろんだ」


業平がお伊勢参りをした時、何と恐れおおくも、伊勢神宮に仕える、身分の高い女性に高度の恋愛テクニックを行使した。いったんは拒否したはずのその女性から、業平へ次のような歌を送ってきた。

　君や来《こ》し我や行きけんおもおえず
　　夢かうつつか寝てかさめてか

いやはや、伊勢の神さまにお仕え申す女性の歌にしちゃあ、何ともまァ色っぽいことよ。これがほんとの神ならぬ身のわざというもの。

「小倉百人一首」の中の在原業平の歌は、

ちはやぶる神代もきかず竜田川

からくれないに水くくるとは

風景描写で、恋のことなんかに全然触れておりませんですな。多分「小倉百人一首」の撰者、藤原定家は、かねて業平が美男でモテたことを知ってますから、それこそ男のヤキモチで、あえて業平の恋の歌を外したんじゃあないでしょうか。

恋の歌ではなくても、今日《こんにち》もこの歌は、正月、百人一首カルタ遊びでは、とりわけ女性の皆さんに人気があるんだそうですな。後世《こうせい》もおそるべし美男の威力！

春到来

梅柳《うめやなぎ》

さて、正月のカルタ取りゲームなんかに熱中しているうちに、日々はどんどん過ぎてしまって、はや立春。よく一月は往《い》ぬ、二月は逃げる、三月は去る、なんてェことをいってますな。

一月は正月気分で、つい日々の経過をあまり気にしない。で、一月は往ぬ。のんびりしているうちにもう二月。二月は閏年《うるうどし》があっても、ふつうの月よりも短い。当節ですと、例えば親子とも受験戦争へのラスト・スパートで夜も日もない。日々は逃げるようにして過ぎ去っていく。そこで二月は逃げる。三月は、卒業や勤務先での人事異動。新入社員の任地への赴任。などなどで、別れの月。去っていく人たちが多い。送別会や謝恩会なんかもある。日々も足早に去っていく。そこで三月は去る。

さて、二月に入って三日から五日の間にやってくるのが**立春**。えー、一年三百六十五日を十五日ずつに区切ったのが**二十四節気**《にじゅうしせっき》。その一つの等分点が立春ということですな。その二十四節気の一つの節気を、さらに五日ずつに分けて合計したのが**七十二候**《しちじゅうにこう》。この二十四節気の気の字と、七十二候の候の字とを重ねて気候という。この分け方は、中国古代の天文学で決められたものが、日本に伝えられたそうですね。あるいは春夏秋冬、四季の季の字と候の字とを合わせて、もともとは季候といっていた、という説もありますね。

ゆんべ、炒った大豆を家の外へ打って、鬼どもを追っ払い、清々しい春を迎える。ところが、春到来どころか、とりわけ、山あいの里や北国、日本海側などでは、まだまだ真冬の季節。札幌で雪見酒を楽しむ一方、東京では寒いながらも椿の花が咲いている。二月に入って雪が降ることだってある。ですから、ラジオ、テレビでは、あいさつをかねて、立春の日には、「暦の上では春に入りましたが……」と、冒頭にこの文句をふっている。古くは、平安時代の歌人、清原深養父《きよはらのふかやぶ》という人が、

冬ながらそらより花の散りくるは
　くものあなたは春にやあるらん

と詠んでいますな。

およそ東京から西の地方の平野部では、もう梅の花が咲いてますね。

梅一輪一輪ほどの暖かさ　嵐雪

これも、先ほどの「暦の上では」云々の文句と同ンなじように、**人口《じんこう》に膾炙《かいしゃ》した**句ですね。

日本音楽の一つの部門、端唄《はうた》の唄の文句に、

〽梅が主なら柳は私《わたし》　仲が良いのか

拗《す》ねるのか　ある夜ひそかに山の月

心ないぞえ小夜嵐《さよあらし》

これは、江戸期の天保年間、天保の改革（一八四二）以前に作られたものだそうで、なるほど、改革せざるを得ないような、封建社会の中での自由恋愛をうたっておりますな。

この唄の下敷きは、かの松尾芭蕉の句。

梅柳《うめやなぎ》さぞ若衆かな女かな

いなせな若い美男子を梅に、江戸は辰巳《たつみ》の方角に住み、唄、三味線、踊りなどの芸を**生業《なりわい》**とする女性を柳にたとえたもの。

〃仲が良いのか〜山の月〃は、二人の仲があまりにも良すぎるので、羨ましくも覗き見たのが、山の上のお月さん。と、そこへ、サァーッと吹いてきたのが、**つれない**夜の嵐。梅の花はハラハラと散ってしまいます。小夜嵐は、野暮《やぼ》な天保の改革を皮肉った文句かも知れませんですな。

梅の芝居

美男美女を梅と柳にたとえることは、古くからいわれてきたそうで、お芝居や日本音楽がお好きな方なら、安政六年（一八五九）に、河竹黙阿弥《かわたけもくあみ》が書き下ろした「花街模様《さとものよう》薊色縫《あざみのいろぬい》」、ふつう二人の主人公の名をとって「十六夜清心《いざよいせいしん》」、この中の舞台音楽で浄瑠璃の一つ、清元の「梅柳中宵月《うめやなぎなかもよいづき》」の曲を思い出されるかも知れません。これも黙阿弥の作詞です。

所化《しょけ》あがり、つまり、見習い中の坊さんでしたが、悪業の数々をつくして、**なれの果て**の清心と、遊女くずれの十六夜とが、ばったりと川のほとりで再会する。所化あがり、ではなく、やはり所化くずれともいうべき清心。

「や、十六夜ではないか」

「清心様か」

「あ、悪いとこへ（ト行こうとする）」

「逢いたかったわいなア」

これから二人でいろいろと愚痴話があって、あげくの果て、川へ身投げをしようとする十六夜。それを押しとどめる清心。

「そりゃまた何ゆえ、どういうわけで」

「勤めする身に恥《は》ずかしい。わたしゃお前の」

「（ト思入れあって）そんならもしや」

「あい、二月《ふたつき》でござんすわいなあ」

ト恥ずかしき**こなし**。

えー、**ト書**《とがき》入りの台詞《せりふ》のほんのひとくだりです。さしずめ清心が梅だとすれば、十六夜は柳というところですかな。

この「十六夜清心」の脚本を書いた河竹黙阿弥の曾孫が、早稲田大学名誉教授の河竹登志夫先生。

ちなみに、河竹さんは包丁さばきが**玄人**《くろうと》**はだし**。例えば、魚の**つくり**などが大そうお上手だってことですな。そして時々、ストレス解消や気分転換なんかのために、台所で出刃包丁を研《と》ぐ。たまたまご家族がお留守の時に、玄関からピンポンと鳴る音が耳に入った。で、研ぎかけの出刃包丁をそのまンま手にして、玄関へと急ぐ。途中でハタと思い立ち、クルッと台所へUターン。包丁をちゃんと置いて、改めて玄関へと向かう。とまァ、出刃包丁までとはいきませんが、私たちの暮らしの中で、そういうことがよくありますね。似たような経験をお持ちの方が、案外多いんじゃないでしょうか。

河竹さんがウィーン大学の客員教授として、初めてウィーンに滞在中、ドナウ川に鯉が棲んでいるのを眼にした。さあ、そうなると腕がムズムズして、何とかして鯉の生けづくりを仕上げてみたい。が、包丁など手ごろな道具がない。理科用のメス、なんてまで手伝わせて、どうにか鯉のつくりを仕上げた。調味料にも困ったそうですな。それでもウィーン大学の学生たちは、興味深げにその鯉を味わったということですな。

これぞまさしく「ウィーンのこいの物語」。

さて、梅にちなむお芝居は、ほかにも数々ございますな。「隅田春妓女容性《すだのはるげいしゃかたぎ》」もその一つ。ふつう「梅の由兵衛」と呼ばれておりますな。

このお芝居の舞台は、今のように住宅がまだ建て込んでいない、当時としては江戸の街はずれ。場所が向島《むこうじま》の小梅村《こうめむら》なら、登場人物も、梅の由兵衛や、その女房も小梅ということで梅づくし。でも決して酸っぱくないお芝居です。

この歌舞伎の女主人公が、妙見《みょうけん》さまへお参りする時に、舞台下手《しもて》の簾内《みすうち》でうたわれるのが、「どうぞ叶《かな》えて下さんせ」という小唄。恋がみのることを願う切ない娘心をうたったものなんですね。

ところが白梅紅梅の咲く所、平成の早春、「どうぞ叶えて下さんせ」と、天神さまに、まったくの色気抜きで一所懸命祈っているのは、受験生の皆さん。かなわぬ時の神だのみ、なんてエことをいっちゃあいけません。祈っているあの後姿《うしろすがた》こそ、尊くもあり、また美しくもあり、ということですな。

もっとも当節の受験生の中には、かなり進歩的（？）な人たちもいて、

「あの人のためにも、ね、天神さま、どうか私をパスさせて、ね」

すると、お姿を掛軸に描かれた天神さま。はなはだきばけておりまして、

「む、相わかった。わしも筑紫の国に流されて、浪々の身に近い境遇で、そりゃもう辛い目にあったからのう。わかっておる」

東京の湯島《ゆしま》天神は、皮肉にもかつての新派悲劇「婦系図《おんなけいず》」の中では、お蔦《つた》、主税《ちから》の別離の場になっています。つまり、このお芝居は、天神さまそのものではなくて、湯島天神の境内が、悲劇の場の背景となっているんですな。

風花

早春、**真澄《ますみ》**の空から、ひらひら舞い落ちてくるのは梅の花、と思いきや、雪片《せっぺん》――雪の一《ひと》ひら三ひら五《いつ》ひら……。まだまだ数多く舞い落ちてくる。それも山裾の里ではなくて、遠くの平野部で、しかもよく晴れた日なのに舞うことがあるんですな。この自然現象を、**風花**といっています。ふつうかざばなと濁って発音していますが、空が青く澄んでいる中での、美しい自然現象ですから、あえて、かざはなと清音で表現したいところですな。

風花やあるとき青き隅田川　　三汀

遠くの山脈《やまなみ》に積もった雪が強い風にあおられて、次々に雪片となって舞い上がり、上層気流に乗って山脈を越え、風下の野や街中などに、さながら花びらのように舞い落ちてくる。そこで、いみじくも風花とは名付けたり。

残念ながら最近は、都市の街中では、もうほとんどといっていいくらい、この風花を見ることはありません。ビルの立ち並んだ所なんかに行くのは真ッ平ごめんだ、と風花自身がそう思っているのかも知れませんですな。

かわりに西からのジェット気流に乗って、ゴビの砂漠の黄色い砂まじりの風が吹いてきたり、やはり黄色い砂まじりの雨を、主に西日本に降らせたりするのが黄砂《こうさ》現象。空は黄色ッぽくなり、太陽の光はにぶくなる。

「えー、黄砂吹く、えー、黄砂降る。むーと、黄砂黄砂、ああさ、こうさ。黄砂降る筆を嚙みかみさてできぬ」。うまい俳句が作れない、短冊に書けないというわけですね。

黄砂を俳句の言葉では、霾《つちふる》、あるいは霾《ばい》とも表現しているようですが、ま、いずれにしても、同ンなじ風という自然現象のしからしむるところではあっても、黄砂は風花のように、とても風流とはいいにくいですな。苦しんでも句にならない。

蓑《みの》一《ひと》つだに

早春から春たけなわにかけて咲く代表的な花といえば、ご存じのとおり、梅、桃、桜、そして山吹。もっともタテに細長い日本列島のことですから、北の地方と南の地方、あるいは山国《やまぐに》とでは、花の開くのがそれぞれ時期的に違います。でも、ま、ふつうにいって、梅、桃、桜、山吹の順ですね。

梅につきものの鳥といえば鶯、梅の香りと鶯の鳴き声。この**取り合わせ**がいい。でも何のことはない。鶯が梅の木にやってくる目的は、梅の木にくっついている虫をつつくだけ。

〽浮気鶯　梅をば散らし　わざととなりの桃で鳴く

梅の木の気を惹こうたって、どうってことはありません。浮気っぽいこともさることながら、この鶯、世を拗《す》ねてるところがあるんじゃないでしょうか。

もう一つ、次なる唄はいかがでしょうか。

〽梅は咲いたか　桜はまだかいな　柳なよなよ風しだい　山吹や浮気で　色ばっかりしょんがいな

かの千利休《せんのりきゅう》は、藤原家隆《ふじわらのいえたか》の歌をもって、侘び茶の精神としていたそうですな。

花をのみ待つらん人に山里の
　雪間の草の春を見せばや

なるほど、格調が高く、しかも心意気というものがうかがえますな。とはいっても、侘び茶の精神を学びたいとは思っていても、今のところ手前どもにとっては、遥か彼方の遠い遠い存在なんでございます。

なんせ〝柳なよなよ風しだい〟ってところもありますからな。ところで、先ほどの唄の中で「山吹や浮気で、色ばっかり、しょんがいな」とありましたね。

山吹も春を飾る花でして、それこそ目覚めるような黄金色《こがねいろ》をした美しい花ですね。それがどうして「浮気で色ばっかり」と唄の文句で文句をつけられているんでしょうか。

ものの本によりますってェと、山吹は別の名が面影草《おもかげぐさ》とあり、「男女のことよりこの名あり」と記《しる》されています。男女のことが、つまり、浮気ってェことに繫《つな》がるんですかなァ。一説には、山吹が見た人を浮き浮きさせるような黄（気）なので、それで浮気としたんだと、こんなお話もあるようです。

山吹の花びらは一重《ひとえ》と八重《やえ》とがありまして、八重は実《み》をつけません。実をつけないので浮気がしやすい。なんて、まさかそんな**不埒**《ふらち》な考え方から出た言葉ではありますまい。

山吹の花といいますと、室町時代の半ばごろの武将、太田《おおた》持資《もちすけ》、のちに頭を丸めて道《どう》灌《かん》（一四三二〜八六）のエピソードが思い出されてまいりますね。彼が若いころのある日、鷹狩りをしていたところ、にわかに雨が降ってきたので、濡れちゃかなわんと、たまたま眼に入ったのが**賤**《しず》**が伏屋**《ふせや》。そこにいた少女に持資がいう。

「見てのとおりのにわか雨じゃ。そこで雨よけに蓑《みの》なりと借りたいものじゃが」

するとしばらくして少女は、家の裏から山吹の花ひと茎《くき》を手折ってきて、黙って持資へ差し出したではありませんか。

「？」

太田持資、ただポカーンとしているばかり。あとで持資はことの次第を語ったところ、次なる古い歌のあることを知らされたんですな。

七重《ななえ》八重《やえ》花は咲けども山吹の

実の一つだに無きぞ悲しき

ご存じのとおり、賤が伏屋の少女は、この古歌をふまえて、山吹の実のないことに、蓑がないことを掛けて、貧しさのゆえに蓑一つだにないので、かわりにひと茎の山吹を差し出したというわけですね。少女語らず花言わず、英雄の**心緒**《しんちょ》乱れて糸の如し。

「あの賤が伏屋の、しかも少女がわきまえている古歌を、おのれがまったく知らなんだとは。ああ恥ずかしき限りじゃ。ふむ、蓑と実のか、同感だなァ」

のちの道灌。それからは、**武張る**《ぶは》ばかりではなく、和歌の道にも勤《いそ》しんで、自身、優れた歌を詠むことに相成った。ま、できすぎたエピソードといえなくもありませんですな。

持資は、徳川家康が江戸に来る、ずっとずっと前に、初めて江戸城を築かせた人物だけに、もともと**器量**《きりょう》に長《た》けていたんでしょうな。

貴種流離・美女漂泊

三月三日は、うららとのどかに照りたる。桃の花のいま咲き始むる。柳などをかしきこそさらなれ

およそ九百九十年あまり前、清少納言《せいしょうなごん》の書き記した。おなじみ『枕草子』のひとくだりですね。平安期のこの女流文学者は、とりわけ、『白氏文集《はくしもんじゅう》』とか『史記』それに『論語』などの漢才《からざえ》があった。彼女のおじいさんが前に申し上げた歌詠みの清原深養父。清少納言の清は、この清原氏を省略したもの。

日本の古典文学の中には、四季のうつろいの風物と、人事の消息とを交錯させて、巧みに表現している詩歌や文章が数多くありますね。むろん時期的には、今の暦とのズレはありましても、気象学的には、ドンピシャリ、**正鵠**《せいこく》を射ているくだりも少なくない。

そこへいくってェと、今の気象情報は、ま、科学的に仕上げてはいるんでしょうが、中には、古典文学の表現とくらべてみて、はてな？　と考えちゃう言い方だって無きにしもあらず。例えば「ところによって雨」。こっちは、そのところが何処かを知りたいのであって、「ところによって雨」じゃ漠然としすぎてますなァ。逆にいえば、ところとは雨の降っているところ。こりゃごく当たり前のことで、情報でも何でもありません。

かの清少納言は、「ところによっては」などとことさらに書き記してはいませんが、鋭い感性でもって、四季のうつろいのさまを巧みに表現してますな。彼女は一度は結婚しましたが、やがて離婚。一条天皇の**中宮**《ちゅうぐう》、のちに皇后となられた方に仕えた。ところが晩年は落ちぶれて、西日本地方を放浪して、彼女のおじいさんの詠んだ歌の終句、「雲のあなたは春にやあらん」。その春を求めながらも、あえなく身罷《みまか》ることに相成ったそうでございます。

もっともこれは、貴種流離譚《きしゅりゅうりたん》と同ンなじように、美女漂泊説話《びじょひょうはくせつわ》の一つかも知れませんですな。

朝廷内、公卿内部、それに源氏平家の武家同士、それぞれが政治上のヘゲモニーを奪い取るべく相争った保元《ほうげん》の乱（一一五六）。その戦《いくさ》に敗れた源氏の武将の中に鎮西八郎《ちんぜいはちろう》源　為朝《みなもとのためとも》がいた。彼は、伊豆の大島に流されたすえ、さらに追討を受けて討ち死にしてしまった。ところが彼は逃《のが》れて琉球へ渡り、琉球列島の大王になったという。

八百年あまり前、その源為朝の甥、義経は、兄貴の頼朝の命令に背くことができない藤原泰衡《ふじわらのやすひら》の軍兵《ぐんぴょう》に囲まれて、奥州平泉《ひらいずみ》、衣川《ころもがわ》の舘《たて》で戦死。しかし彼は生きのびて中国大陸へ渡り、やがて蒙古帝国を建国し、初代の帝王となったという。その名はジンギスハーン（成吉思汗《じんぎすかん》）。

強い武将の為朝も、武運拙《ぶうんつたな》き義経も、ともに異国の王さまとなった。裸の王様ではない。鎧甲《よろいかぶと》に身を固めた、たくましい王さまだ。ま、こういう強い人へのあこがれ、運のない人への同情、そんなことが重なりあって、貴種流離譚という作り話が生まれたというわけでしょうね。

清少納言と同じ平安時代に生きた、類《たぐ》いまれなき才能を持ち、絶世の美人とうたわれた歌人、あの小野小町《おののこまち》は、百歳まで生きていたという話を作られてしまった。彼女は晩年はさすらい人《びと》になって、物乞《ものご》いとして、あるいは骸骨《がいこつ》同様の身になった人として生きたというお話が作られておりますな。

しかし、小野小町像は、後世の芸能に数多くの、例えば能楽や浄瑠璃、そして歌舞伎などに大きな影響を与えましたね。こういったものを、ひっくるめて、「小町物《こまちもの》」といっていることはご存じのとおり。

能楽の「関寺《せきでら》小町」「卒都婆《そとば》小町」「通《かよい》小町」「鸚鵡《おうむ》小町」「清水小町」それに「草子洗小町」、この七曲を「七小町」といっております。老いさらばえた小町が近江の関寺のほとりで、侘び住まいをしていたという伝説から創作されたものですね。

ひきとり手無《な》くて卒都婆《そとば》に腰をかけ

古くは、若いころの小町に情熱の限りを傾けつくし、百日目にこそ小町に会えるとO

Kしてもらったのが深草少将《ふかくさのしょうしょう》。ところがその百日目に、気の毒にもダウンしてしまった。突然に襲った心筋梗塞かなんかでしょうか。先の川柳には、少将に代わって、後の世になっても、美女から振り回されたすえに、結局フラレた男たちの、**怨念**《おんねん》めいたものがこめられてでもいるようですな。

それにしてもかのお気の毒な深草少将どのには、実はモデルがいた。それは、六歌仙《ろっかせん》——平安時代の六人の優れた歌詠みの一人、小倉百人一首の中にも入っている僧正遍昭《そうじょうへんじょう》というお坊さん。この人は坊さんになる前は、良岑宗貞《よしみねのむねさだ》といって、放浪の画家。山下清さん流に、ヘータイ（兵隊）の位でいえば左近衛少将《さこんえのしょうしょう》。

こちらの少将、小町にフラレてかどうか、急死することなく、おつむを丸めて坊さんとなった。六歌仙の一人に入っているくらいですから歌を詠むのがうまい。小倉百人一首では、おなじみの、

天津《あまつ》風《かぜ》雲の通《かよ》い路《じ》吹き閉じよ
　乙女の姿しばしとどめん

坊さんにしちゃ色っぽい歌ですな。もとの位が少将だったから少々つやっぽい。それかあらぬか、遍昭という名の坊さんのくせにと、

遍昭が乙女に何の用がある

乙女をとどめようと試みた気持ちと、小町のもとへ通いつめたという想いとが、どこかで何となくつながっているようにも思えますな。

さて、深草少将が倒れたことは、すぐ小町の耳に入る。すると小町、お付きの女性にいいつけました。

「あ、これこれ。つねづね私に妙な便りをくれる人たちがいるでしょう。その名前をつけた帳面から、あの少将どのの名を消しておしまい」

九十九夜通い損也道理也《ぞんなりどうりなり》

小町さまざま

清少納言にしても小町にしても、彼女たちを、美女漂泊説話の中に入れたということは、彼女たちが美女であるがゆえに、才媛であるがゆえにこそであります。後の世の美女たちにフラレた、かどうかは別として、ふつうの男性たちを含めた、ふつうの人たちの、ジェラシー、あるいは、しっぺ返しの結果として、創り出されたお話かも知れませんですな。

ところで、一つの地区、職場、会社などを代表する美人のことを古風にも、何々小町と呼んできましたね。当節でいうところのミス何々。広くは、ミス・ユニバースとか、ミス・ワールド。国を代表する美人ですと、例えば、ミス・ニッポン。そのミス何々が、何か**しくじったり**すると、ミステーク。いえ、ミスに限ってそんなことはありません。

信州長野県に大町《おおまち》という市があります。そこの代表的美人が、大町小町。中町《なかまち》という地名も多いですな。そこの美人のナンバーワンが中町小町。頼朝が幕府を開いた鎌倉の中には現在小町《こまち》の町名がある。そこでは小町小町といって、はおりません。

しかし最初の小野小町さん。二十一世紀に**なんなんとする**今日《こんにち》まで、美人の代名詞として使われてきたんですから、老いさらばえて無惨なるお姿になり、お気の毒とは思いますが、もって瞑すべし、というところもあるんじゃあないでしょうか。

「女性の忠告はあまり値打ちがないかも知れない。だがそれを聞きたがらない男性たちは決して賢いとはいえない」とは、ドン・キホーテを主人公にして書いた、スペインの小説家、セルバンテスの言葉です。

なるほど、深草少将の言動は、国や条件などとは関係なしにしても、ドン・キホーテ的だったかも知れません。そんな彼に小野小町はどんな忠告をしたものか。一方、清少納言も言い寄る男性たちへどんなアドバイスをしたのでありましょうか。それを聞きたがらなかった男性たちが、案外多かったんじゃないでしょうか。

春、哀歓交々《あいかんこもごも》

雛祭

清少納言は、宮中で仕えていた女性の官吏でしたから女官《じょかん》。にょかん、あるいは、にょうかん、ともいってますね。女官の呼び名をひっくり返して、官女《かんじょ》ともいっております。

そうです。三月三日桃の節句には雛段が飾られ、三人官女も並んでおりますな。

〽明かりをつけましょ雪洞《ぼんぼり》に

お花をあげましょ桃の花……

桃の節句の本番に備えて、もう二月の半ば過ぎから、この歌をうたっている幼い女の子たちの声を耳にしますってェと、むくつけき手前どもでも純真可憐だった日々への想いが甦《よみがえ》り、甘い感傷に浸《ひた》ることだって、はい、そりゃございますとも。

雛祭の原形は、古代ではお払いとして**形代**《かたしろ》を使った。つまり、紙で作った小さな人形を一度自分の体になでつけ、自分に付いている汚《けが》れをその人形に移して川へ流すという、お払いの行事だったそうですな。その人形が、やがて美しく作られ、三月三日の桃の節句と結びつき、雛祭となったのは、江戸時代の中ごろから。雛段を飾るのは人形のほかに、数々のお道具。これは、お武家の娘さんの嫁入り道具を真似たもの。

江戸、京・大阪、あるいは地方都市、農村などで雛段の飾りつけの様式はそれぞれに違っていますが、年々、どこでも派手に、華美になってきた。売り値も高くなった。雛段の丈《たけ》も高くなった。

当節、家の造りが変わってきて、大広間のある家は少なくなってますな。そうかといって、値の高い雛人形や道具類などを捨てるわけにはゆかない。思い出もこめられている。そこで雛段を立派に飾り立てて、夜はそのすぐ前で、家族みんなが布団を敷いてお休みになっている、てェなお話もあるくらいです。

更《ふ》けまさる火《ほ》かげやこよい雛の顔　　龍之介

眼と鼻の先に、雛人形があるんですから、なるほど、よく見えることでしょうね。

春風哀れ官女たち

雛段の官女も美しいお顔、綺麗なお姿でありますが、日本の歴史の中で、実物の官女たちは、いろんな苦労をさせられたことでしょうな。

何といっても、やんごとなきお方に仕える身ですから、ご主人さまが、政治上の争いごとに巻き込まれたり、戦のさなかにいたりすれば、当然、官女たちの身にも異変がおこりますな。しかし、地味な存在ですから、その言ったことや行ったことなどは、ご主人さまの陰に隠れて、歴史の上では、ビッグ・ニュースとして扱われてはおりませんですな。

今を去ること八百数年前元暦《げんりやく》二年（寿永《じゅえい》四年とも）三月二十四日、源義経を総大将とする源氏の軍勢に、平宗盛《たいらのむねもり》を総大将とする平家の軍勢は、長門《ながと》の国、赤間ケ関《あかまがせき》（山口県下関市）の壇の浦まで追いつめられてしまいました。平家方は、おん歳八歳の安徳天皇と、そのおん母、建礼門院《けんれいもんいん》を奉じて、船の上で必死に防ぎましたが、武士とはいってても今やもう、すっかりお公卿さんになりきっていますから、戦は**からきし**駄目。ついに安徳帝は、清盛の未亡人、二位尼《にいのあま》に抱《いだ》かれておん**入水**《じゅすい》。続いて、大勢の官女たちも相次いで壇の浦の冷たい海の中へ飛び込んでいく。官女たちの緋色の袴と、平家を象徴する赤旗とが、さながら紅葉を散らしたように海の上を流れていく。
思えば官女たちも、京都から福原、一の谷、四国の屋島、そして壇の浦と、九郎判官義経に追われて、本当に苦労してきました。その九郎判官義経もこの壇の浦の戦の時、戦目付《いくさめつけ》の梶原景時《かじわらかげとき》のジェラシーからくる兄頼朝への讒言《ざんげん》で、果ては、みちのく平泉、衣川で討ち死にしてしまったことは、前に申し上げたとおりでございます。
西海《さいかい》の九郎（苦労）も水の泡となり
さて、官女たちの中には、入水はしたものの死ぬに死にきれず、地元の人たちに救われた人たちもいました。が、彼女たちはそれからの生活設計のメドが立ちません。何といっても、それまでは宮中やお公卿さん同様の平家一門の中などで、ぬくぬくと、かどうかはさておいて、とにかく手に職を持つことなく過ごしてきました。ですから、その後《あと》の**潰**《つぶし》**が効**《き》**き**ません。さりとて赤間が関に**縁**《ゆかり》の人とておりません。再就職も駄目。
そこで、止むなく、手っとりばやい職業（？）——遊女への道を選ばざるを得なかった。一方、平家の武将、武士たちの多くは海底の藻《も》くずとなって、その怨念の果て、平《へい》家蟹《けがに》と呼ばれる蟹になったという伝説はこれ如何に。
一門は蟹と遊女に名を残し
遊女とはなっても気品はあるし、使う言葉も**雲居**《くもい》の中での言の葉のまま。

こよのう侘《わび》しゅうはべりし下の関

赤間ヶ関の阿弥陀寺《あみだじ》に葬られた安徳帝は、明治維新のあと、改めて赤間宮《あかまぐう》（現在は赤間神宮）に奉祀され、毎年、ご命日の前後、四月二十三日から三日間、そこで先帝祭《せんていさい》が行われておりますね。

呼《よ》び物《もの》は、官女の姿をした女性の上臈道中《じょうろうどうちゅう》。ひところまでは、官女たちの流れを汲む女性たちが、その道中をつとめていました。そして平家一門に縁のある女性たちは、安徳帝のご命日には、昔ながらの華やかな装束《しょうぞく》を身につけて、お墓へお参りしたということでございます。さすがに**腐っても鯛**。いえいえ、腐らぬ鯛とでもいうべきでありましような。

ちなみに先帝とは、後鳥羽天皇の先《さき》の帝《みかど》で、諡号《しごう》（おくり名）が安徳天皇ということですね。

官女は、歌舞伎などでは、あまりパッとしない役ですが、伝統日本音楽の一つ、長唄には「八島落官女業《やしまおちかんじよのなりわい》」と呼ばれている曲があります。この曲の八島は讃岐《さぬき》の国（香川県）の屋島で、官女たちが、屋島、壇の浦で敗戦のあと、**身《み》すぎ世《よ》すぎ**の一つとして、屋島と壇の浦のイメージをダブらせて、浜で魚を売り歩き、京の都や須磨の浦での楽しかったひところを懐しむ、といったストーリーになっています。

屋島といい赤間ヶ関といい、ともに瀬戸内海に面していますから、彼女たちが売り歩く材料の、海産物にはこと欠かなかったことでしょうな。ともあれ官女。彼女たちの存在は、歴史の陰のひとこまを彩る、哀艶極まりない叙情詩ともいえるのではないでしょうか。春風哀れ官女たち。

昭和五十四年（一九七九）の四月九日、『平家物語』を材料に、一の谷の合戦から、壇の浦の決戦までを描いた演劇、木下順二作、宇野重吉演出「子午線《しごせん》の祀《まつ》り」が、山口県下関市で初演されました。このドラマは、月の引力で壇の浦の海水の干満が激しいことを、情報集めにも長《た》けていた義経が知っていて、それを利用して、船戦《ふないくさ》で平家を滅亡させてしまったという内容です。

このお芝居の役者、スタッフには、能、狂言、歌舞伎、それに新劇などからベテランが参加していまして、このような催しものは、かつて日本の演劇界にはなかったことです。

このお芝居で、義経役は、狂言の野村万作さん。義経は歌舞伎で観るような**優男**《やさおとこ》ではなく、また、容赦をしない殺戮者《さつりくしゃ》として登場しています。万作さんは、清澄な発声と、古典をふまえたたくましい演技とで、見事にその役を演じきったんですな。

ところで、新中納言《しんちゅうなごん》、平知盛《たいらのとももり》（嵐圭史さん）の、この台詞《せりふ》。

「見るべき程の事をば見つ、今は唯自害《ただ》をせん」

彼、知盛は、臆病な宗盛（観世栄夫さん）に代わって、事実上の軍勢のリーダー格。この時知盛、三十三歳。その若さで「見るべき程の事をば見つ」と言いきったのは、彼の人生体験から出てきた言葉なんでしょうか。

桜さくら

えー、私たちはふつう、花見とは、桜の花を見ることをいってますな。梅とか牡丹とか菖蒲《あやめ》とかを見に行く場合には、見る花の名前を必ずくっつけるか、花の名をいってから見に行く。例えば、「牡丹を見に行こう」とか、「菖蒲を見に行きたい」とかいってお りますな。桜の花見は、ただ花見という。それだけに、桜の花は私たち日本人の生活の中に入り込んでいるということでしょうか、ねェ。

もっとも真冬に「おい花見に行こう」という人もいないし、「桜をかァ？」と聞き返す人もおりません。

そして、植物学の上で、ただサクラという名の特定の植物は存在しないそうですな。桜の上に、場所や由来などに縁《えん》のある名前をかぶせて呼ぶそうでございます。例えば、山桜《やまざくら》だとか、大島桜《おおしまざくら》、里桜《さとざくら》、彼岸桜《ひがんざくら》、緋寒桜《ひかんざくら》、それに染井吉野《そめいよしの》とか、その種類は、そのほかにも、えーと、もう何百とある。

「あのね、おっさん。わてら、サクラの学問をしに来たんと違いまっせ。花を見ィに来たんどす。なァみんな、そやろう?」

一・八リットル入りのお酒の瓶を抱え込んだそのお人、早くも出来上がっているらしい。桜の木の下に敷かれたゴザの上にどっかと腰を据え、お仲間たちとさっそく、〽春公園の花の宴、といきたいところですが、真上に咲く花なんか、一度たりとも見上げたためしがない。〽めぐる盃歌入れて、ともうカラオケに夢中。〽千鳥足にてよろめきし、むかしの若さ、いまいずこ……。

花見どき、グループの花見客でごったがえす場所で、しばしば見かける風景ですな。

今の気象情報で、桜の開花時期になりますってェと、桜前線の進み具合をテレビで知らせておりますな。その桜の種類は、おおむね染井吉野が基準なんだそうです。この染井吉野は、大島桜と、江戸彼岸桜との交配でできたそうですな。その花が、吉野山の山桜に似ていることと、東京郊外、今はもう都内に入っていますが、以前は染井村と呼ばれていたところで誕生したので、その染井と吉野の両方の地名をくっつけて、明治十八年ごろ、染井吉野と名付けられたんだそうでございます。

では気象庁が、桜前線の動きの基準に、どうして染井吉野をとりあげたのでしょうか。答えは簡単明瞭です。染井吉野が全国的に行きわたっているからなんであります。

江戸時代の江戸で大勢の人たちが花見を楽しむようになったのは、今からおよそ二百数十年前のことだといわれています。むろん花の咲く時期が揃う染井吉野はまだありませんでしたから、江戸の庶民たちの中には、今日は隅田の川堤《かわづつみ》、明日は王子の飛鳥山《あすかやま》、次は品川御殿山《ごてんやま》と、日を変えて花見に行った人たちもいた。飛鳥山、御殿山といったって、高くもなければ険しくもない。上野のお山といっても、ちょっとした丘《おか》程度ですな。

そこで、

桜狩り**奇特**《きとく》や日々に五里六里

花見の好きな人でしたら、一ン日に二十キロだろうが、三十キロだろうが厭《いと》わない。当節でも、お歳を召しても健脚な方がいらっしゃる。昔もいた。

姥桜《うばざくら》咲くや老後の思い出《い》で　芭蕉

女性の、盛りを過ぎても、なおもお美しい方々を姥桜という、らしい。むろん讃《たた》えての言葉でしょうな。桜の中には、葉に先がけて花を咲かせる品種もある。で、葉（歯）なしの桜を姥桜。私はこの説には絶対に反対です。

ところで、桜の字をくっつけた食べもの、飲みものがあることは、これもご存じのとおりです。赤味噌にきざんだ生姜《しょうが》と牛蒡《ごぼう》とをまぜ、甘い味つけをしたのが桜味噌《さくらみそ》。八重桜の花を塩漬けにし、その一つ一つに熱いお湯をついだものが桜湯《さくらゆ》。桜湯。何かどこかにあるお風呂屋さんの名前のようですな。ひところまで銭湯《せんとう》といってたところですね。

瀬戸内海沿岸では、桜の花の咲くころ、卵を産むために浅瀬に寄ってくる鯛を、桜鯛《さくらだい》といってきた。その表面が桜色をしていることにもよるそうですな。また、桜の葉っぱを薄い塩漬けにして、アンコの入った餅をくるんだのが桜餅《さくらもち》。その餅肌の色も、桜色。

昔は店の近くの桜の木から、その葉っぱを摘みとって桜餅を作っていたんでしょうが、今では数が足りなくなって、わざわざ近郊農村で葉っぱ用の桜を栽培してもらっている店もあるんですって。

さて、その桜餅は、くるんである桜の葉っぱ、つまり皮に当たる部分ですな、それを取ってから食べるものでしょうか、それとも、葉っぱごと食べるものなのでありましょうか。

ある日のある時、花見に来たお嬢さんたちが、川に背を向けて、楽しそうに、桜餅を葉っぱごと食べようとした。たまたまそこに通りがかった親切なおじさんが言いました。

「ね、お嬢ちゃんたち。桜餅はね、皮むいて食べるもんなんだよ」

するとお嬢さんたち、それまで背を向けていた川の方へ、くるりといっせいに向き直って、そのまま桜餅を食べ始めたんですね。葉っぱの皮をむくを、川を向くと勘違いしたというわけですね。愛らしくっていいじゃないですか。ねぇ。

さて手前ども噺家《はなしか》とお芝居とは付きものです。中には熱烈な歌舞伎ファンもいる。高座で声色《こわいろ》の芸を演じるだけじゃどうもものの足りない。そこで芝居好きの噺家だけが集まって演《や》るのが「しか芝居」。そうなるってェと客席の入りが気にかかる。で、知り合いや友達なんかに頼んで、入場券を買ってもらう。

「いいかい、俺がいい場面で、こうやって**見得を切る**と、な、お前は、ヨーッ日本一とか、タヤーッ(音羽屋)、とか、な、客席から声をかける。な、頼んだぞ」

「つまり俺はさくらってわけだな」

このさくらの言葉の由来には、色々な説があるようですな。もともとは芝居の世界で生まれた言葉らしい。**贔屓役者**《ひいきやくしゃ》や芝居小屋関係の人など、なれ合いの上で、**大向**《おおむこう》から役者の屋号や誉《ほ》め言葉などを掛ける客がいた。そういう人は顔パスで芝居が見られる。つまりただで芝居が見られる。桜の花だってお金を払わなくて見られる。そこで、なれ合いの客をさくらというようになった。しかしこの説はどうも**眉唾**《まゆつば》くさい。

ひところまで、こんな風景を見ることがありました。場所は**大道**《だいどう》。品物を売っている、板を敷いただけのにわか仕立ての店の前は、ちょいとした人だかり。と、その人だかりの中から一人の声あり。

「この品いい物にしちゃ安いねェ。ふーむ。ちょっと見てもいいかい。ああ、こりゃすごいやァ。ほんとにこの値でいいのかい」

するると、別の方からもう一人の声。

「よし！　買ったァ」

その二人とも、実は売る人とぐるになっているさくら、なんですね。ほかの人たちの購買心をあおり立てる。そそっかしい人は、このさくらに引っかかって、ついガラクタ品を高値で買ってしまう。ま、今のやりとり程度じゃ、さくらだってことは、ほかの人たちにすぐわかっちまう。さくらの仕込みがもっとうまい人もいた。映画の世界ではおなじみ、柴又育ちのフーテンの寅さんも、品物を売りさばく時、ちょいちょいさくらを仕込んでおりますな。彼の妹の名がさくらというのも面白いじゃありませんか。

お話を本物の桜に戻しまして、さて桜の名所は、有名無名の所を合わせて、実に多いですな。でも、自分自身が美しいと思えば、千本でも一本でも花見が楽しめますね。そして桜前線が示すように、南から北へ、平野から山へと、次々に咲き出しますから、お金とヒマさえあれば、ひと月ぐらい桜の花を順々に見ていくことができる。そして、ついにはかの西行法師のような心境にあるいはなるかも知れませんですな。

願わくば花の下にて春死なん
その如月《きさらぎ》の望月《もちづき》のころ

春宵《しゅんしょう》一刻《いっこく》値《あたい》千金《せんきん》

〽蛙《かわず》の鳴く音《ね》も鐘の音《おと》も、さながら霞《かす》める朧月夜

この「朧月夜」はお歳を召した方にとってはことさら、懐かしい思い出の歌の一つでしょうな。岡野貞一作曲、文部省唱歌として制定されたのが、平成三年から逆上《さかのぼ》ること七十七年前。ご健在のおじいさま、おばあさまにとって、平成三年は丁度喜の字の祝いに当たるお歳で、この唱歌をお聞きになっているというわけ。

この歌ができてから数年たった時は、今のおばあさまは、まだ確実に少女でありました。

春の朧月は夢多き少女のよう。輝く夏の月はたくましき若者のよう。澄んだ秋の月は理知的な女性のよう。そして冷えびえとした冬の月は**頑固一徹**な老人のよう。こんな形容から、仮に、冬の月から朧月を思い浮かべ、その昔を追憶しますってェと、頑固一徹さも、ね、つい、ほぐれてこようというものですな。

その夢多き少女の夢は、歳を重ねるごとにだんだんと膨《ふく》らみ、娘のころにはついに、夢だけじゃ満足できなくて、現実化する。

〽ぬれそめて　朧ににじむ月の顔　忘れたいやら　忘れじと　迷う心の　やるせなや　散る花びらも　うつつなに　乱れかかりし　おくれ毛の　もつれもつれて　春は行く

これは小唄の文句。次は俳句です。

おぼろ夜《や》や女盗《おんなぬす》まん計《はか》りごと　子規

あの正岡子規の句にしてはリアル過ぎて口をあんぐり。よくは存じませねど、多分別の意味が含まれているんでしょうな。

えー、横町の御隠居を訪ねたのが、おなじみの八《はっ》つぁん。

「おいらも句を始めてェと思ってるんですがね。そもそも句てェものを知らねぇ」

「そりゃ、八つぁん。五七五の風流の世界なんだよ」

「五七五？　風流の世界？」

「いいかい。ここで書いてみせるが、まず、おぼろよの、これで五。五つの文句。出だしからして風流だ」

「ひい、ふう、みい、よう、いつ。なァるほど字が五つある。で、次は？」

「七《しち》だ。七《なな》つの文句を入れる」

「へぇ、どんな文句で」

「あくるわびしき。これも風流な文句だなァ」

「うん。七つだ。だが、あくるわびしき、この意味がわかんねぇな」

「そうだな。おぼろ夜《よ》の、夜《よる》があけてだね。何となく、わびしい気持ちになる。そんなところかな」

「どうして、そのォ、わびしくなるんですかねぇ」

「そのあと続くのが、これもやはり五、五つの文字で、いいかい書くよ」

「待ってました」

「ほらね、きちんやど。いいかい、あたしが頭から読んでみるよ。おぼろよの　あくるわびしき　きちんやど（朧夜の明くる侘しき木賃宿）。な」

「なんだか、しみったれた文句だなァ。これを風流の世界というんですか。ウン、だけどその句、おいら身につまされるような気がしねぇでもねえや。句は九《く》で苦《く》。苦《くる》しいの世界ですなァ。ところでご隠居さん」

「なんだね」

「おいらの長屋の両隣りはご浪人さま。何ンにもすることがねぇから、あっちはあっち、こっちはこっち、一人で朝から晩まで碁《ご》を打ってばっかり」

「ああ、あの二人のことかい。そうだなァ」

「碁（五）と碁（五）にはさまれているおいらは四（死）だ」

「そりゃまたどうしてさ」

「四（死）ぬほど苦しいんだよ、毎ン日《ち》のくらしが」

「へえー、それにしちゃ毎ン日、酒ばっかり食《くら》ってるじゃないか。それを**陸《ろく》（六）でなし**というんだよ」

「で、おいらは質（七）屋通い」

「八五郎とはよくも名付けたり、ってェところかな」

新作、「無風流句噺《ぶふうりゅうくばなし》」の一席でございます。むろん今日《こんにち》では、そんな世界はございません。


春も半ばを過ぎますと、日本列島の、とりわけ太平洋側に南風が多く吹いてきて、南の方の海上から、水蒸気を運んでくる。空気中に水蒸気が多くなりますってェと、霧《きり》や靄《もや》などができやすくなる。そして夜に、ちょいとばかり冷え込むってェと、地面に近いあたりは気温が低くなり、上の方の空は逆に高くなる。その下の方の大気を靄がおおって、もやもやとしたおぼろな春の宵になる。とまァ気象学的にはこんなことだということです。

ま、こむずかしい説明もさることながら、春の宵は、もやもやとした、おぼろであってこそ値打ちがあるんじゃあないでしょうか。まさしく「春宵一刻値千金」。この「春宵一刻値千金」は、これもご存じのとおり、中国は宋の時代の詩人、蘇東坡《そとうば》（一〇三六～一一〇一）の詩、「春夜《しゅんや》」と題した七言絶句の起句《きく》ですな。

春宵一刻値千金　　春宵一刻《しゅんしょういっこく》は千金《せんきん》の値《あたい》
花有清香月有陰　　花に清香《せいこう》有り月に陰《かげ》有り
歌管楼台声細細　　歌管楼台《かかんろうだい》声細細《こえさいさい》
鞦韆院落夜沈沈　　鞦韆院落夜沈沈《しゅうせんいんらくよるちんちん》

「鞦韆」はブランコで、「院落」は屋敷の中庭の意味ですね。

種はつきまじ盗人の

この「春宵一刻値千金」のパロディは、歌舞伎の台詞の中にもとり入れられておりますな。盗《ぬす》っ人《と》のドンだった、あの石川五右衛門が、京都は南禅寺《なんぜんじ》の山門に、どっかと腰をおろし、山門の勾欄《こうらん》に寄りかかり、大きな煙管《きせる》でプカーリ、プカーリ。

山門のまわりは桜の花の霞か雲か。花につつまれた山門は**極彩色**で目もまばゆいばかり。**大百日鬘**《だいひやくにちかずら》の石川五右衛門。

「**絶景**かな、絶景かな。春の眺めは値千金とは、ヤ、小《ち》せえ小せえ。この五右衛門には値《あたい》万両《まんりよう》。もはや陽も西に傾き、まことに春の夕暮れに、花の盛りもまたひとしお。ハテ、うららかな眺めじゃなァ」

さすがに大泥棒だけあって、言うこともデカイ。風格（?）もある。初世、並木五瓶作の歌舞伎「金門《きんもん》（もしくは）山門五三桐《さんもんごさんのきり》」の「南禅寺山門の場」のひとくだりでございます。

この石川五右衛門は実在の人物でして、やがて悪の道の運が尽き、捕らえられて、京都は三条（七条とも）河原で、釜煎《かまい》りの刑に処せられたとか。そのお釜で茹でられる前の、五右衛門の辞世が、

石川や浜の**真砂**《まさご》は尽きるとも
　世に盗人《ぬすびと》の種はつきまじ

これをふまえての川柳に、

五右衛門は生煮《なまに》えのとき一句よみ

ちょっと生々しすぎて残酷ですな。

ひところまで、芝居の一場面も入れた、こんな**戯**《ざ》**れ唄**《うた》が流行《はや》ったこともありました。

題しまして「まっくろけのけ節」。

〽石川や　種は尽きまじ盗人と　迫《せ》り出る山門五右衛門の　百日鬘は　まっくろけのけ

そして「忠臣蔵五段目・山崎街道《やまざきかいどう》の場」（現・京都府大山崎町）では、

〽山崎の　街道《かいど》とぼとぼ與市兵衛《よいちべえ》　後《あと》から出てくる定九郎《さだくろう》　提灯《ちょうちん》ばっさり　まっくろけのけ（真ッ暗《まくら》のけっけ）

中国の詩人蘇東坡は、春の宵のひと刻は、仮にお金の額にすれば、千金の値打ちがあるといった。石川五右衛門は、千金どころか、万両の値打ちがあると大きく出た。江戸時代、元禄年間に活躍した俳人、宝井其角《たからいきかく》は、蘇東坡の「春宵一刻値千金」が、多分、頭の中にあったのでしょう。次なる句。

夏の月蚊を疵《きず》にして五百両

日本の昔の俳人、歌人たちにも漢才があった。中国の古典をよく読んでいて、ガクがあった。むろん、当節の俳人の皆さんも、決してヒケをとっては、いないのであります。

古都の春

〽月はおぼろに東山、霞む夜ごとの篝火に、（中略）祇園恋しや、だらりの帯よ

えー、もはやナツメロになっているこの唄も、京都がこれからも古都としての姿を残していく限り、うたい継がれていくことでしょうな。

四月の京都は、春休みの学生さんたちの修学旅行や、春の京都を楽しむ観光客の皆さんで、とりわけ賑わいをみせておりますな。最近は、長く京都に住んでいる人たちよりも、京都以外から見える皆さんの方が、京都全体にお詳しい。京都についての手引書が、それこそ**手に余る**どころか、小部屋に積んでも積み切れないほど、**上梓**《じょうし》されていることにも、京都通を多くしている理由があるんでしょうな。それに京都には、歴史の跡を偲ばせる神社仏閣が沢山あるってエことも、人々の心を惹きつける。

郊外の侘びた古寺《ふるでら》を見にきた若いカップル。女性がまず口を切る。

「ね、この本堂。歴史がふかーくこめられているようで、すてきね」

「む」

と男性。ただ頷《うなず》くだけ。こういった場合には**生半可**《なまはんか》な返事をしない方がいい。知識のほどがわかってしまう。**底が割れ**てしまう。

「古寺の良さが若い人たちに理解できるはずがない。古寺の原形は、極彩色のけばけばしいものだった。古ぼけた寺を見て感心する態《てい》をつくろうより、その寺ができた当時の、五色で彩られた絢爛《けんらん》たる姿へこそ想いを馳せるべきだ」云々と、のたもうたのは、前衛的な絵を描いてきたことでも知られている、著名な画伯どの。

なるほど、そういうもんですかねぇ。

四月。これは全国どこのお寺でも共通している八日の**灌仏会**《かんぶつえ》。仏生会《ぶつしょうえ》ともいってますな。ふつう**花祭り**の言葉で通っている。つまり四月八日はお釈迦さまのバースデーを祝う日。

花で飾られた、小さな御堂の中の、これもまた小さな童姿《わらべすがた》のお釈迦さまの像は、右手を高くあげて天を指し、左手を下にさげて地を指していらっしゃる。天上天下唯我独尊《てんじょうてんがゆいがどくそん》。その可愛い像は裸のまンま。そのお姿に、これまた可愛い人間のお子さまたちが、小さな柄杓《ひしゃく》でしきりに甘茶をかけている。

「ああさよか。裸のままなんは、甘茶かけられても、着物つけとらんさかいに、濡れても平気の平左というわけやな。そうなんや」

妙なことに感心している大人もいるこの花祭り。

お子さんたちの七五三の祝いは、皆さんよくご存じです。しかし、京都以外の多くの皆さんが、案外ご存じないのが、四月十三日（もとは陰暦三月十三日）京都嵐山、法輪寺のご本尊、虚空蔵菩薩《こくうぞうぼさつ》に参詣する行事の十三詣《じゅうさんまいり》。

これは、十三歳になった男のお子さん、女のお子さんたちが、それぞれ親御さんたちに付き添われてお参りし、親御さんは「この子にどうぞ、もっと知恵をお授け下さいませ」と祈り、お子さんも「うちに、ぎょうさん知恵をお授け下さいな」などとお願いする行事ですな。虚空蔵菩薩はんに知恵授けてもらいましょうというので、この行事は、**知恵貰**《ちえもら》いとも呼ばれているようです。

当節は学校の授業なんかの都合で、必ずしも十三日とは限りませんで、その前後の日曜日に行われております。

十三日に十三歳の男の子と女の子のお参り。でもねぇ。当節のお子さんたちは心身ともに成長が早いでしょう。十三歳といえば、少年少女から青年期への脱皮の時期。春を思う時期、思春期に、限りなく近いおん歳ごろではありますまいか。

男の子の声もいつかボーイ・ソプラノから、いきなりバスのようになり、お顔には何かわかりませんが赤い吹出《ふきで》ものがたくさん出てくる。それは押しても抓《つね》っても潰《つぶ》れない。「えらい仏さんかも知らんが、ほんまに知恵授けて下はるんやろうか。なんや、非科学的やなァ」

「そんな罰当《ばちあ》たりなことというたらあかんて」

こんな親子のやりとりもある当節でございます。

時あたかも嵐山の桜の花見どき。その花の下を着飾った親子たちが、やや緊張気味の表情で通って行った帰り道。後《うしろ》を振り向くと、菩薩さまから授かった知恵がなくなってしまうとばかり、親子ともども、渡月橋を渡り終えるまでは、決して後を振り向かない。

形は年ごとに、少しずつ変わってきても、この十三詣の精神が、今に受け継がれているというのは、まことに結構なことですな。

車争い

古くは紫式部描くところの長編小説『源氏物語』の世界で、京都上賀茂神社前での「**車争い**」。一方の牛の引く御所車の上に乗っている女性が葵上《あおいのうえ》。えー、彼女は光源氏さんの北の方《かた》。**俗世間**でいうところの正妻ですな。で、もう一つの車の中には、光源氏の、おもわれ人《びと》の中の一人がいる。ひらったくいいますってェと、限りなく源氏に近い二号さん。その女性のお名前は、六条御息所《ろくじょうのみやすどころ》。一号さんと二号さんの車が、上賀茂神社前の一本の道路で**鉢合わせ**。当節のように道路交通規制法なんて、こむずかしい法律もありませんし、赤信号もない。お巡りさんもいない。

片一方の牛車《ぎっしゃ》がバックすりゃいいんですが、一号さんと二号さん、互いに張り合ってますから、お供の者たちもその辺は十分に心得ていて、容易に後《あと》へ引こうとはしない。これが名高い車争いですな。

葵上も六条御息所も、ともに雲居《くもい》の上《うえ》の人ですから、張り合ってはいても、下世話《げせわ》のような、あからさまな悋気《りんき》は出しません。互いのジェラシーは陰《いん》にこもって物凄し。

争うて迷惑するは牛ばかり

ほんとですな。

後世、この葵上をテーマにした数々の芸能が生まれておりますな。お能や歌舞伎、それに日本音楽などにもとり入れられております。とりわけ日本音楽の箏曲山田流では、この「葵上」が、「小督《こごう》」「長恨歌《ちょうごんか》」「熊野《ゆや》」と並んで重い曲に指定され、今も第一級の演奏者、若手の実力者の皆さんの手で、声で、しばしば演奏されておりますな。

熊野《ゆや》

よく、「清水《きよみず》の舞台から飛び下りるような気持ちで」という古風な言い回しが、今でも使われておりますな。一大決心をつける時などに使われております。いつごろ、誰が言い出した言葉かは存じませんが、かなり古くから使われてきたんじゃないでしょうか。

この「清水の舞台」とは、申し上げるまでもなく、京都の清水寺にある舞台造りの本堂ですね。何でも、その縁起によりますと、寺の起こりは古くて、宝亀十一年（七八〇）、坂上田村麻呂《さかのうえのたむらまろ》が仏殿を建てたことに始まるんだそうで。

田村麻呂坂の上にも寺を建て

そのころの坂は何といっていたんでしょうか。今は清水坂。その清水坂を上り切った先、音羽山腹の足場の悪い地形を、うまく利用して、優美なお堂が建っている。

徳川三代将軍家光の時代に再建《さいこん》され、その後、たびたび手を加えられてきました。そして、観光が目的で京都を訪れる人たちは、必ずこの清水寺の舞台の上に立つ。なるほど、舞台から見下ろしますってェと、たかーい。こわーい。高所恐怖症の人には、ことさらに怖い。「清水の舞台から飛び下りるような気持ち」。その気持ちがよーくわかります。はい。

舞台の南側は、ちょっとした渓谷の美しさがありまして、春は桜、夏は青葉、秋は紅葉、そして冬は雪と、お参りに来た人たちの眼を楽しませてくれていますな。

この清水の桜に寄せて、平宗盛と熊野御前、この男女の情《じょう》を綾《あや》かけて創り出されたのが、お能の「熊野」。この、お能の「熊野」の下敷きは、『平家物語』巻十《まきのじゅう》の「海道下《かいどうくだ》り」です。

平宗盛が、まだ参河守《みかわのかみ》として、一時期、今の愛知、静岡両県にまたがる海岸線に近い、参河《みかわ》、遠江《とおとうみ》国を治めていたころ、街道の外れに、池田《いけだ》と呼ばれる宿場があった。えー、池田の宿は、天竜川の東側にありまして、もともとは、京都松尾神社の領地で池田の荘。今は静岡県、豊田町《とよだまち》の一部になっていて、池田という地名も、そのまま残っています。

その池田の宿の**長者**、といっても、ある時代どこかの国のバブル経済で潤い億万長者になったという、あの長者のことではありません。そのころの長者といえば、当節ならば、さしずめホステスさんが働くクラブのオーナーといったところでしょうか。その池田の宿の長者の娘に、胸の盛り上がった、顔立ちの美しい娘さんがいた。しかし長者の娘だから、店に出ていたかどうかはわかっておりません。

とにかく参河守宗盛どののお目にとまって**寵愛**《ちょうあい》を受ける身とは相成った。宗盛という人は、兄貴の重盛と違い、オヤジさんの清盛に似ていて、とかく女性を寵愛し過ぎるの感、無きにしもあらず。当節のアッシー君やミツグ君のような存在だったのかも。ま、優しい心根を持つには持っていた人なんでしょうな。

そして宗盛どのは内大臣と官位が昇り、彼女を車ならぬ駕籠に乗せて池田の宿から京都の館《やかた》へと連れ帰った。

さて今は熊野御前と呼ばれる身にはなったものの、初めのうちこそ、見るもの、聞くもの、食べるもの、すべてが珍しく楽しかったが、そのうち里心がついてきて、どうしても故郷《くに》の池田へ帰りたい。ふるさとの池田の宿の両親に会いたい。兎を追ったかの山、小鮒を釣ったかの川が恋しい。そして故郷からの便りには、おっ母さんが病の床に臥しているとある。

「帰して下され宗盛さま。この胸の内をお察し下されて」

と胸の外を差し出した、かどうかは存じませんが、宗盛は、

「我慢せい、な」

宗盛とのやりとりが続く、そんなある日、彼女の心の憂《う》さを、少しでも晴らしてやろうと、宗盛が連れて行ったところが、桜の花咲く清水寺というわけです。

やむなくついて来た熊野御前。宗盛のリクエストで一指《ひとさ》し舞うことになった。それまでの午前中は**花曇**だった空から、ホロホロと降ってくる**村雨**。そして熊野御前は一首の

歌を詠んだんですな。

いかにせん都の春も惜しけれど
馴《な》れし東《あずま》の花や散るらん

東の国の花も散りそうだ。つまり池田の宿にいるおっ母さんも、花の散るように、もう亡くなる時が迫ってきている。宗盛さんよ、情けあるならば、どうか私を母の許に帰して下さいな。とまァこんな意味の歌を詠んだんですな。さすがに哀れと思った宗盛は、とうとう熊野をあきらめて、池田の宿へ帰してやったというお話。こうして熊野はやっとのことで、池田へ行けた。

このお話を、お能の演者でもあり、評論家でもあり、かつ作者でもあった世阿弥《ぜあみ》（一三六三〜一四四三）という天才が、お能にした。それを基にして、前にお話しした江戸期文化年間に山田流箏曲の「熊野」が生まれ、同ンなじ日本音楽の河東節が嘉永年間に、そして明治二十七年には長唄もできました。

お能を含めた「熊野」の芸能は、今日《こんにち》でも盛んに舞われ、演奏もされています。お能はいわば悲劇の音楽劇。その脚本に節をつけてうたうのが謡曲。お能を舞うのは大変ですから、素人《しろうと》の皆さんの多くは、お師匠さんから、その謡曲を習っている。

数ある謡曲の中でも、習う人に人気のあるのが、この「熊野」と、あとでお話しする

「松風」の曲。そこで「熊野・松風は米《こめ》の飯《めし》」といわれてきた。これにはふたとおりの解釈があるようです。

その一つは、この二曲とも名曲ですから、米の飯のように噛めば噛むほど味が出てくる。つまり、稽古をすればするほど芸が味わい深くなってくる、ということですかな。

もう一つは、「熊野」「松風」は人気があるので、謡曲のお師匠さんは、最低、この二曲だけでも教えていれば、米の飯になる。つまり生活が保証される。とは、お師匠さんへ対して、まことに失礼にあたる解釈ですな。

ところで、熊野は巫子的要素をもっていて、先の事を見通す能力も備えていた、という説もあるようです。「平家にあらずんば人にあらず」と権勢を誇っていました平家ですが、権勢はその頂点に立った時点で、転落の起点となる。盛者必滅《じょうしゃひつめつ》、会者定離《えしゃじょうり》。諸行は無常でありまして、熊野の眼には、やがて来るであろう平家の没落が見えていた。

宗盛にそのままくっついていると、やがて四国屋島近くの海か、長門壇の浦で、海に飛び込まざるを得ない羽目になる。「そりゃかなわんで」と、おっ母さんの病気にかこつけて、はやばやと宗盛の許を退散する。そのタイミングの良さ。

もう一つ、

よい時分ひっぱずしたる熊野御前

熊野御前長居《ながい》をすると水を呑み

瀬戸内海の塩辛い水を呑んだかも知れないというわけですな。京の都を去った熊野の、その後の消息は杳《よう》としてわからない。しかし今日も、扇をかざし、〽南を遥かに見渡せば、と、「熊野」の中の一節を、仕舞の稽古として励んでいるお嬢さんたちもおりますな。

菜っぱ畑にお念仏

京都市の中心部から西寄り、かつては菜っぱを作っていた農村が、今や木工品や衣類の染織品なども生産する工業区域になっている。その所の名は壬生《みぶ》。

壬生といえば、幕末には、いわゆる勤皇の志士たちを取り締まる、新選組の駐屯地があった。その取締役兼駐屯所の所長だった人が、あの近藤勇《いさみ》。彼は何度も、今度も勇んでは人を斬った。ついには自らが斬られる身とは相成った。

ま、そんなことよりも、ずっとずっと前から壬生の名は、大勢の人たちに知られております。鎌倉時代の末の正安二年（一三〇〇）の三月十四日に、円覚《えんがく》上人というエライ坊さんが、その当時、流行していた悪い病気を追っ払うために、それまでにあった壬生寺《でら》で、大念仏を始めた。これが壬生大念仏。この念仏を、大勢の人たちに、わかりやすく伝える方法の一つとして、芸能を始めた。これが今に伝わる「壬生狂言」の**嚆矢《こうし》**だということですな。

今は四月の下旬に境内の大念仏堂で狂言が行われ、ま、念仏云々もさることながら、壬生狂言は民俗芸能として、高い評価を受けておりますな。その壬生狂言の特色は、仮面をつけた演者が、ガンデンと呼ばれる鰐口《わにぐち》（金属製の太鼓）や締太鼓《しめだいこ》、それに横笛などの伴奏で、台詞をいわないままの科《しぐさ》と踊りとのパントマイムにあるんですね。

壬生狂言は、「湯立《ゆだて》」「棒振《ぼうふり》」という二つの曲を除いて、あとの数ある曲目はすべてパントマイム。むろん狂言ですから、それまでの古い狂言の型をふまえた笑いのドラマが中心。中にはお能からとった演目もあります。

昔、人々は菜っぱの畑まで響いてくる、カーンカーンの鰐口の音を聞きながら、壬生狂言を見るべく、野の道を急ぎ足で通っていったことでありましょう。

野にわたり山にわたりぬ壬生念仏《ねぶつ》　　樗良

昔のエライお坊さんたちは、法事やお盆行事、それにお葬式の立会人だけではなく、いろんな方法で、仏さまの教えを広めていったんですなァ。壬生念仏（狂言）も、その一つの表現。身分を超えて、大勢の人たちに親しまれてきたといえるんじゃあないでしようか。

鐘に恨みは

暮れにはひっぱたかれ春に撫でられる

実は、これはお寺の鐘のことでありまして、大晦日の深夜から、除夜の鐘ということで百八つばかりたたかれ、春になると、今度は、ご苦労であったと、除夜ばかりではなく、一年中の労苦を慰められる。その慰められるのが鐘供養といわれているもんですな。

春おそく、あちこちの寺々で梵鐘供養がある。その行事の中でも、とりわけ有名なのが、紀州（和歌山県日高《ひだか》郡川辺町《かわべちょう》）の道成寺。どうして有名かといいますと、ご存じのとおり、安珍《あんちん》・清姫《きよひめ》の物語がからんでいて、実にスリリングな面白さがあるからなんですね。

安珍という旅の坊さん（一説には山伏）にフラレた京都白河の庄屋の娘清姫が、怒って蛇となり、日高川《ひだかがわ》を渡って紀州道成寺の鐘の中に逃げ込んだ安珍を、巻きつけた蛇体で、鐘もろとも溶かしてしまうというお話です。

「コワイですね。オソロシイですね。この物語は、のちに、お能や歌舞伎舞踊などに仕組まれまして、それらを含めて、〝道成寺物《どうじょうじもの》〟と呼ばれていますね。ではまたお会いしましょうね。サヨナラ、サヨナラ」

と申し上げたいところなんですが、もうちょいおつき合いのほどをお願いいたします。お能や歌舞伎なんかにとり入れられドラマ化されたもとは、前に申し上げた道成寺の歴史、伝説などを描いた縁起絵巻や縁起状。

ま、何にしても、清姫が安珍を**たぶらかし**たのか、逆に安珍が清姫を一夜の妻だけにして、清々しい心持ちで出ていったのか、どっちが先にそれらしきポーズをし、それを具体化させたのか、そこンところが、神様でないと、いえ、道成寺はお寺ですから、ご本尊さまでないとわからない。

えー、歌舞伎の舞台では、正面の前に桜の花の**釣枝**《つりえだ》。背景は豪華絢爛たる桜の、花また花。長唄で踊る、「京鹿子娘道成寺《きょうがのこ》」ですな。

道成寺の鐘供養に、白拍子《しらびょうし》となった執念の清姫が、寺の僧さんたちの**所望**に応えて、何度も衣装を替え、とどのつまり本体を表して、蛇を象徴する金ぴかの鱗形《うろこがた》模様の姿となり、捕手相手に大立廻《おおたちまわ》りの末、鐘の上でキッと大見得《おおみえ》を切る。お茶のお師匠さんにも、お芝居や長唄などのお好きな方がいらっしゃる。お稽古の時、お道具拝見で、稽古用の茶杓に「お銘は？」とうかがえば、「娘道成寺でございます」。そして「お作は？」には

「六代目でございます」とのお返事。なるほど、名人、六代目尾上菊五郎の当芸《あたりげい》の一つに「娘道成寺」がありましたな。

えー、長唄の「京鹿子娘道成寺」の曲中に〝鐘に恨みは数々ござる〟とありますが、恨むのはむろん清姫。鐘を金にかけてとなりますってェと、清姫の所に泊まった安珍が、ちゃんとした支払いをしなかった。そこで「金に恨みは数々ござる」。

当節でも、先立つものはお金でございます。「金なんざァ欲しかねェ」と大見得を切っても、しょせんそれはタテマエというもの。そこから額の大小にかかわらず「金に恨みは数々ござる」。このホンネで胸を痛めなかった人は、まずおりますまい。現に手前どももその一人。

角隠《つのかく》し

ちょいとばかりお話が俗っぽくなりましたから、もう少し、色っぽくまいりましょうか。春と秋とは結婚のシーズン。お熱々《あつあつ》のカップルは、大勢の皆さんに祝福されてのハネムーン。たとえ見知らぬカップルでも、空港や駅頭、ホテルのロビーなんかで、そのお姿を眼にしますってェと、何となく、こっちの方もいい心持ちになってくる。どうぞお幸せにと祈りたくなる。

当節は、核家族になりまして、家族の形態、家の様式なんかも、昔にくらべると大いに変わりました。ひところまでは、とりわけ旧家や農村などでは、家の部屋ごとに仕切られてある襖を全部取っ払って、大広間にした。そこで結婚式の披露が行われていたケースが多かった。

今は大きなホテルや、何とか会館などが利用されてますな。お寺や神社などの中には、結婚式場をもっているところもある。仮に菩提寺で結婚し、めでたく二世ができたとすれば、まさしく、〝揺籃《ゆりかご》から墓場まで〟。披露宴でのカップルは、男性までもがお顔を塗ったくって、まるでおとぎ話の国から抜け出た王子さまとお姫さまのよう。綺麗ですなァ。お金のある所にはあるもんですなァ。とひがんじゃあいけません。

昔の結婚式は、むろん個人同士の結婚は当たり前のことなんですが、背景には家同士のつながりの初め、という色彩も濃かった。それに本人と義理の父親、母親とのきずなも強められる。

式と披露宴の初めに、お嫁さんが和服の場合は、日本髪の上に、**角隠し**をかぶりますな。この角隠しの由来には、いろんな説がある。その一つは、仏教の女性の信者が、お寺参りにかぶったのが、そもそもの始まりだという説。その二つめは、京都御所で、宮中に仕える女性が頭に巻いていた白い布、ま、ターバンのようなものですかな。それを桂巻きといっていたんだそうで、その桂巻きが、元の形だという説。真知子巻きは、結婚式には不向きです。

繁華街のさる酒売る家でのこと。もうカンバンはとっくに過ぎている。

「先輩！　まだいいじゃないすか。タクシーもあるし、ね。もうちょいだけ、ね、ね、ね」

酒呑みはくどい。へべれけになった部下へ、先輩なるお人、よろけながらも、両手の人さし指を頭の上にあてて、

「うちの**山神**《さんかみ》が、これなんだよォ」

「兎の耳を立ててるんですか」

「兎なら**可愛気**もあるんだが、これは角、角、鬼の角！」

女性が嫉妬すると角を出す。そういえば、前にお話しした『源氏物語』の光源氏の正妻「葵上」のお能の後半、葵上は六条御息所にジェラシーをして、角の出た鬼の面《おもて》となる。「娘道成寺」の清姫もまた然り。

そこで嫉妬心を戒め、角を出しちゃいけませんよ、てんで、日本髪の上に純白の角隠しをかぶせる。どうやらこのお話は、こじつけのようでもありますな。

教会などで式を挙げる花嫁さんは、ウェディングドレスですから、角隠しのかぶりようがない。ま、何であれ、めでたいことに変わりなし。そして、念のために申し上げますってエと、ロシアの**俚諺**に、「結婚して三日目に結婚を讃えるな。三年経ってから讃えよ」とありますよ。

角書《つのがき》は女性上位

浄瑠璃や歌舞伎などの題名の上に、その内容や人物を聴衆、観客へ暗示、もしくは理解してもらうために、角書、あるいは単に角と呼ばれる字を記《しる》す場合があります。古くは小書《こがき》といわれていたようですな。その角書はほとんどが対句《ついく》。例えば「父は唐土 母は日本 国性爺《こくせんや》合戦《かっせん》」。題名の上に小さく二行、書かれてありますな。この二行が、牛や羊などの角のようだというので角書。これが次第に登場人物、ヒロイン、ヒーローの名前をつけるようになってきた。例えば、義太夫節には「小春 治兵衛 心中《しんじゅう》天網島《てんのあみじま》」。

えー、この浄瑠璃（義太夫節）、のちに歌舞伎にもなりましたが、小春《こはる》と呼ばれる女性と治兵衛《じへえ》という人物とが、大阪・網島の大長寺《だいちょうじ》の裏庭で心中するという悲しい物語。作者は、日本のシェークスピアともいわれる、近松門左衛門（一六五三〜一七二四）。彼は越前に生まれ、京都に移り住む。

大体、義太夫節や新内《しんない》節、清元《きよもと》節、常磐津《ときわづ》節、一中《いっちゅう》節、それに河東《かとう》節などの浄瑠璃には悲劇が多く、登場人物が、義理と人情との柵《しがらみ》に泣《な》く、哭《な》くといったストーリーになっておりますな。

劇作家の近松門左衛門という人は、とりわけ、劇中の泣く人物をして、観る人たちに泣かさしめる名人です。門左衛門は「虚実皮膜論《きょじつひまくろん》」という、当時の芸術論文を発表しております。「つまり、浄瑠璃（芝居）の本質というもんは、うそとほんまの間の、人の皮と膜との間にあるようなもんで、その、どっちともいえんところが、おもろいんや」というわけ。

我が嘘で感涙流す門左衛門

もう一つ。

見物は泣くに作者はにっこにこ

これで芝居小屋が大入満員だということですな。平成の今、遠い昔のつくり芝居を観て、その悲劇のクライマックスに、ハンカチを眼に当てるのは、必ずしも、おばさまたちだけではなく、お嬢さまたちもいらっしゃる。つまり、悲劇の主人公への同情の涙ということですな。

時間と空間とを超えてのカタルシス（浄化作用）。涙を拭い去り、劇場を出ると、さばさばした心持ちになる。途端に空腹をおぼえ、何か、うまいものが食いたくなる——。

さて、浄瑠璃、歌舞伎の主人公たちをあらわす角書は、安珍・清姫などは例外として、ほとんど、女性の名前が先になってますな。先ほどの小春・治兵衛。お初《はつ》・徳兵衛《とくべえ》。お俊《しゅん》・伝兵衛《でんべえ》。お半《はん》・長右衛門《ちょうえもん》。お染《そめ》・久松《ひさまつ》。お夏・清十郎。梅川《うめがわ》・忠兵衛《ちゅうべえ》。そしてお軽《かる》・勘平《かんぺい》。ｅｔｃ。

近松ばかりでなく浄瑠璃作者たちは、封建の世の、義理と人情の柵で泣く女性たちに、優しい心根で接し、レディ・ファーストとして、女性の名前を先に挙げたのかも知れませんですな。事実、作者は、ドラマを、その悲劇の女主人公を軸にして展開させておりますな。

藤村、島崎春樹（一八七二〜一九四三）は、その詩集『若菜集』の「おきく」の中で、

治兵衛はいづれ　恋か名か
忠兵衛も名の　ために果つ（中略）
小春はこいに　ちをながし
梅川こいの　ために死す

と歌いあげています。

おおむね、こういった男女は、封建社会での義理と人情の柵から、心中という形で相果てておりますな。

心中はほめてやるのが礼儀なり

この川柳は、心中のドラマを観た人たちの、溜息のあらわれかも知れませんですな。

ふる里は……

とかなんとかいっておりますぅちに、はや若菜の萌え出る四月の末。年によって違いますが、「みどりの日」の前あたりから、いわゆるゴールデン・ウィーク。五月上旬へかけての大型連休ですな。その、およそ一週間あまりというもの、東京や大都市の街中は、道路に車少なく、家々にも人々少なく、街中全体が、ガラーンとした雰囲気です。年末年始と同様、ふる里へお帰りになる皆さんが、大勢いらっしゃるし、大型連休を利用して海外旅行をなさる方たちも、これまたたくさんおいでになる。で、高速道路は大渋滞。新幹線は二百パーセントの乗客で**すし詰め**状態。空港は**ごったがえし**。

行きも帰りも同ンなじこと。海外旅行は別として、ふる里とは、そんなにいいもんなんですかねぇ。大都市が生まれ故郷の人にとって、ふる里はイメージとしては一応理解できたとしても、心情としては、ちと理解しにくい存在。というのも、都会人の多くはそこがふる里だとは思っていないからなんであります。

ふる里という概念は、山があって、小川が流れていて、田んぼが広がっていて……ということもさることながら、人と人とのつながりがある。アスファルトの道路。ビルの中の部屋。そして、「隣りは何をする人ぞ」。これじゃ、都会に生まれて都会に住んでいても、そこがふる里だという実感がわいてこないのも当然です。

「ふる里ってそんなにいいもんですかねェ」

「そりゃいいもんですよ」

郷愁情熱の詩人、岩手県出身の石川啄木は、ふる里人《びと》に**疎**《うと》**まれ**ながらも、かく詠んでいる。

かにかくに
渋民村は恋しかり
おもひ出の山おもひ出の川

一方、石川県出身の室生犀星は、

ふるさとは　遠きにありて思ふもの（中略）
よしや　うらぶれて

異土《いど》の乞丐《かたい》（食）と　なるとても
帰るところに　あるまじや……

と、うたっています。

さて、あなたは、この二つの詩歌、二人の詩人の越《こ》し方《かた》におもいを寄せて、ふるさとをどんなふうに思われていますか？

五月良い月

いわゆるゴールデン・ウィークと年末年始の帰郷には、ふる里の行事が深くかかわりあってますな。一月一日、三月三日、五月五日、七月七日、九月九日の、奇数の月日の重複に祝いの行事を当てるのは、古代中国から日本に伝えられたものだそうですな。

一月一日は新年の賀の祝い。
矢の如しまた破魔弓《はまゆみ》の店が出る
三月三日は桃の節句。
しおらしき生酔《なまよい》のある雛祭
五月五日は端午の節句。

ひらひらと屋根に間《ま》くばるあやめ草《ぐさ》
七月七日は七夕。
色紙《いろがみ》が濡れると星が濡れられず
そして九月九日が重陽《ちようよう》。
端午重陽槍栗《やりくり》の節句なり
五月五日からの節句はおいおい申し上げるとして、四月末から五月初めにかけては、一年で一番凌ぎやすい陽気です。ふる里に帰った皆さんは、じいさま、ばあさまにお孫さんを会わせ、親類、**眷族**《けんぞく》打ち揃っての、ご先祖さまへのお墓参り。そして久々に口にする郷土料理の数々。
が、昨今の、いわゆる田舎は様変わりして、だんだん都市生活に似てきていますな。
ふる里のレンジで冷凍肉を焼き
山のふる里から帰ると、急に海が見たくなった。やはり春の海はいい。
春の海終日《ひねもす》のたりのたりかな　蕪村

雲のうつろい人動く

八十八夜

〽夏も近づく八十八夜
　野にも山にも若葉が茂る……

ある小学校で、音楽の時間にこの歌をうたった子どもの一人が、元気よく手を挙げました。

「先生！」

「はい、何でしょう」

「八十八夜とは、立春から数えて八十八日目とおっしゃいました」

「そのとおりですよ」

「でも八十八夜の夜《や》は夜《よる》という字になっているでしょう。夜なのに、どうして、〽野にも山にも若葉が茂る、って、その若葉が夜でも見えるんですか？　それから、あのう、〜あかねだすきに菅の笠、もよくわかりませんが、お茶を摘む人たちが、やっぱり夜でも見えるんですか？」

「八十八夜は夜《よる》なのかどうか、そうですねぇ」

先生は、返答にぐっと詰まった。そして思った。この子は将来、多分すばらしい評論家か理論家になるか、さもなきゃ理屈っぽい男として、世の女性たちから**煙《けむ》ったがられる**存在になるか、そのどちらかであろう、と。

かく申しあげる手前どもも、どうして八十八夜なのか、よくわかりません。ただ、その八十八夜が、五月の二日か、三日かにあたることだけは存じております。このころは**晩霜《おそじも》**が降りて、時として農作業に被害の出ることがあるために、農家のおじさんたちが、夜になると、畑の近くで、自動車の古タイヤなんかを燃やしていたことを憶えています。なるほど、八十八夜は、夜に古タイヤを燃やすことなのかと、独り合点をしていたこともありましたっけ。

よく八十八夜の**別《わか》れ霜《じも》**とか、**忘《わす》れ霜《じも》**とか、農家の皆さんは、今でもそういっていますな。四月の末ごろから五月の上旬へかけて、いったん暖かくなってから、急に気温が下がるのが忘れ霜。まさしく、晩霜は忘れたころにやってくる。別れ霜も大体、八十八夜ごろが目安となって、それ以後は、霜がほとんど降りなくなる。逆にいえば、八十八夜の前後こそ、晩霜に注意しなさいよ、ということですな。

狭いといっても複雑な日本列島の地形ですから、別れ霜、忘れ霜の降る時期は場所によっても違います。北国《きたぐに》の中には、夏になってから、忘れ霜の降りる所もあるそうですね。

福島県の会津地方は、大寒から数えて百五日目を**百五**《ひゃくご》といって、やはり晩霜に注意しています。

晩霜の被害の影響は、農家だけのことかというと、そうではありません。仮に広い範囲にわたって晩霜に襲われ、農作物の被害が大きくなると、**品薄**《しなうす》になって野菜の値が上がる。ビニールハウスや温室栽培のものでも、この値段に関連して高くなる。これは市場の原理というものらしいですな。値が上がると、一般消費者の台所の経済へ影響する。ゆめゆめ晩霜を**余所事**《よそごと》と思うことなかれ、ですね。

えー、ひところまで、〽夏も近づく八十八夜……、この「茶摘み」や「紅葉」、それに「汽車」などの歌で、可愛いお嬢さんたちが、「せっせっせ」とお手玉遊びをしていました。そういった歌は、お手玉遊びのリズムに乗りやすいからなんでありましょう。おばあちゃんが、端切れを縫い合わせて作ってくれたお手玉で「せっせっせ」と遊ぶお嬢さんたちの姿は、最近、とんと見かけませんですな。

昔、お手玉遊びに無心に興じていた少女の中から、長じて、男を**手玉にとる**人が出る、なんてェことは、はい、ございませんですとも。

季節の先どり

八十八夜から、四、五日経ち、「こどもの日」のあくる日のあたりが、二十四節気のうちの**立夏**。今日から夏ですよ、というわけですな。太陽暦には、ちゃーんとそうは書かれているんですが、さて、実感としてはどうでしょうか。このあと、日によってはムシムシ、ジメジメ、あるいは肌寒く感じる日もある梅雨《つゆ》が控えていますから、暦にそうはあっても、夏到来とは、実感としては捉えにくい。

テレビでお馴染《なじ》みの、お天気博士こと、倉嶋厚《くらしまあつし》理学博士のご本には、季節の先どりについて、おおよそ、次のようなことが書かれてあります。かいつまんで申しあげますと、まず言えるのは、日本人の季節感がせっかちであること。東洋の季節の分け方は、西洋にくらべますと、一ヶ月半ばかり早くなっているそうですな。

二番目には、明治時代の初め、太陽暦を採用した際（詳しくは、明治五年十二月三日をもって、明治六年一月一日とした）、それ以前の太陰暦の日付で決まっていた季節の祭りや**物日**《ものび》なんかを、そのまんま太陽暦の同ンなじ日付にもってきちゃった。

三番目には、デパートなどのショーウィンドウ。春からもう、大胆な女性の水着なんかが飾られている。桃の節句の雛人形が片付けられたあとは、端午の節句の武者人形。ま、こういったことを倉嶋さんは指摘されております。俳句の歳時記なんかもそうですな。とりわけ、季節の変わり目の基準がよくわからない。例えば二月上旬はまだ冬だからと思って、冬の部を見ても、冬の諸事万端が出ていない。二月は立春からもう春だから、春の部に出ているという具合。


「何だってェ。あちら様の店がもう五月人形を飾っているってェ？　そうか、うちも負けちゃいられねえ。かまわねェから、雛人形と武者人形とを一緒に並べて飾れ！」

これを聞き知った当のライバル。

「それじゃアうちでは、正月に五月人形を飾れ！　いいからいいから、いいって言ってるんじゃねェか」

「何だとォ。それじゃうちは、これから前の年の八月に五月人形を飾ることにしよう」

「おい、あっちに負けるんじゃねぇぞ。うちじゃ前の年の八月なんかよりも、もっと前の五月に飾れ、なッ！」

なんてね。とどまることのない商売の、季節の先どり合戦。とどのつまりは、斯《か》くの如し。てなことですかな。

暮らしと暦

農家の皆さんは陽暦とは別に、農事暦《のうじごよみ》という暦と、その土地土地に、古くから言い伝えられた言葉とを頼りに、農作業を続けています。その言い伝えは、迷信などではなくて、ある程度、科学的な根拠のあるものなんですね。

それは、季節のうつろいや風物の変化などに、農作業の進捗《しんちょく》状況を合わせて内容になっているんですな。

例えば「苗代でカエルの鳴かぬような年には旱魃《かんばつ》の憂《うれ》いあり」。これは日照り続きでその年のカンバツの前兆をいっているものですな。また農作業の用語が、ほかのものに変化して使われている例もあります。

鹿児島県の種子島では、サバの**稚魚**――サバの子供のことを「田つくり」と呼んでいます。これは、田つくり――田植えのことですな。その田植えどきに、サバの子供が波打ち際まで寄って来たことからできた言葉だそうです。

ひところまで、種子島の田植えは五月の上旬ごろでした。それが今は、台風の来ない前に稲刈りを済ませてしまえる、新しい品種を選び、そのうえ、農作業の機械化が進んで、田植えも三月には終わっています。ひところまで、田んぼで田つくりをしている時、海辺に田つくりがどっと押し寄せたと知ると、農家の人々は、田つくりを一時やめて、田つくり取りへ向かったと、ちょいとばかり、ややこしい話が残っております。

そうです。農作業の機械化が、農山村に古くから言い伝えられてきた、農作業開始のきっかけや、進捗状況に、これからも微妙な影響を与えていくんじゃあないでしょうか。

日本は江戸時代の初めのころ、キリシタン禁制令（一六一二）で、平戸、長崎など、ごく一部を除いて、いわゆる鎖国状態となり、それは幕末にアメリカのペリー提督が浦賀に来航（一八五三）するまで続きました。

泰平の眠りをさます蒸気船（上喜撰）
たった四杯で夜もねむれず

そこから、これまで使ってきた太陰暦など、あちこちの、もろもろの地方の暦を廃止し、太陽暦にしようじゃないか、という機運が高まってきたんだそうですな。そして、明治五年十一月九日、新政府は、旧暦から新暦へ切り替えることを発表したんですな。

旧から新へと暦が変わった時には、当時の人々は初め、いや一生の間、多分、まごついていたことでしょうな。

行く春や

ま、暦のお話は、ペラペラめくる日めくりカレンダーのように、次から次へとできまして、切っても切りがありません。

えー、京都を代表する祭りの一つに、上賀茂、下鴨、両方の神社で行われる葵祭《あおいまつり》がありますな。今は五月十五日に行われておりますが、昔は、四月中酉日《なかのとりび》（一説には一の酉）が祭日だったそうですな。何でもその起源は、欽明天皇の御代といわれてますから、六世紀の半ばごろ。実際に行われたのは天智天皇の六年（六六七）。いやあ、古い歴史をもったお祭りですな。この祭りにはその呼び名のとおり、祭りに従う人たちは、それぞれ、植物のアオイ草とヒカゲノカズラとを装束に付けなければなりません。

牛の嗅《か》ぐ**舎人**《とねり》が髪や葵草　　蝶夢

一方、東京を代表する祭りの一つが、浅草の三社祭《さんじゃまつり》。今はふつう、五月の十六、十七、十八日の三日間ですが、もとは陰暦の三月十八日に行われていました。

葵祭も三社祭も、ともに、今の立夏以前に行われていたようですな。つまり春の祭りだったということですね。

で、昔の文章に出てくる日付を、つい今の暦どおりに受けとると、ちょいとばかり季節感が違ってくる。

行春《ゆくはる》や鳥啼魚《とりなきうお》の目は泪《なみだ》

元禄二年（一六八九）の弥生《やよい》の末の七日、つまり三月二十七日、俳人松尾芭蕉が、江戸を発《た》ち陸奥《みちのく》から北陸への旅立ちの日に、ひねったのがこの句ですな。陰暦三月二十七日を今の暦に直せば、大体五月十六日前後。彼の俳文『おくのほそ道』には「その日ようやく草加《そうか》という宿に辿り着けり」として、次なる句を作っています。

草臥《くたびれ》て宿《やど》かる比《ころ》や藤の花

なるほど、藤の花は、場所によって咲く時期が前後してはいますが、晩春から初夏にかけて眼にすることができますな。芭蕉の江戸出立《しゅったつ》の第一句の冒頭に「行春や」と振ったのも合点できますな。

この「行く春」という表現には、何となく哀惜の感がこもっていますね。季節としての行く春。自分自身をとりまく春。そして、自分自身、おのれから行ってしまう春。行くを往く、あるいは逝くに置き替えてもいい。去る、と表現すると、やや諦《あきら》めに近い感じですが、ユクとなると、やや心残りがしないでもない。ひところうたわれた歌謡曲の文句の中に、〽あの人は行って行ってしまった……云々とありますな。別れた男女のどっちかが、諦め切れないものを心の底のどこかにもっている、というご経験をお持ちの方も、多分いらっしゃるんじゃあないでしょうか。

行く・往く・逝くは、奈良・平安時代からユクとイクを一緒に使い、平安・鎌倉時代の漢文の訓読はほとんどユク。で芭蕉も漢才《からざえ》がありましたから、「行春や」となっているわけなんでしょうな。むろん五月半ばでも「行春や」。

江戸時代の後半、「草加《そうか》、越ケ谷《こしがや》、千住《せんじ》の先よ」と、江戸の人たちは言っていたそうですな。千住《せんじ》はなまりで、正しくは千住《せんじゅ》。今の東京足立区の南部一帯です。ですから今の千住は東京都、草加、越ケ谷の二つの市は埼玉県に入っていますが、昔は千住、草加あたりもひっくるめて武蔵国《むさしのくに》の一部。そして草加はその呼び名のとおり、草っ原が多かったんでしょうな。

そんなに昔でなくても、昭和三十年代の後半に大団地ができるまでは、草加は、田んぼや畑のはるか向こうに、時折、私鉄の電車の走るのが眺められるくらい、長閑《のどか》な田園地帯でした。また草加は、お煎餅のほかに、鰻《うなぎ》や泥鰌《どじょう》もおいしいところでしたな。

目には青葉

草加のお話をしているうちに、かの芭蕉さん、はろばろ茫々三千里の旅の想いを抱《いだ》きつつ、さて今日はどこまで行ったやら。

あらとうと青葉若葉の日の光

江戸深川の庵を出て、三日目には日光に着いておりますね。

芭蕉ならずとも、ならず者とても、初夏の青葉若葉の美しさにはつい目を奪われてしまいそう。

目には青葉山時鳥《ほととぎす》　初鰹《はつがつお》　素堂

古くから人口に膾炙《かいしゃ》しているこの句を川柳では、

目と山と耳と口との名句也

と賞し、そして、

目と耳はいいが口には銭《ぜに》が入り

遠洋漁業で大量に獲れ、冷凍されていつでも食べられる当節とは違って、生身の初鰹の値は高かった。ともかくやっとに手に入れた初鰹。

初鰹女房あたまも食う気なり

初鰹を食べないのは江戸ッ子の恥とばかり、女房の着物を質入れまでしてお金を作ろうとする亭主、女房どのに怒られる。

寒い時お前かつおが着られるか

ごもっともごもっとも。

えー、鰹のでてくるお芝居といえば、ご存じ、河竹黙阿弥作「梅雨《つゆ》子袖昔八丈《こそでむかしはちじよう》」。ふつう、登場人物の名に寄せて「髪結新三《かみゆいしんざ》」と呼ばれておりますな。浄瑠璃や歌舞伎などは、古い時代の産物だと思われますが、このお芝居は、明治六年（一八七三）に初演されています。

明治六年といえば、あの西郷隆盛たちが征韓論に敗れて、時の中央政府のエライさんの地位を**棒に振り**、故郷の鹿児島に帰っている年なんですね。日本が近代化へと向かって大きく脱皮しようとゴタゴタする時期に、「髪結新三」のような**野方図**《のほうず》（のふず）でたくましく、庶民的な人物が登場するお芝居が上演されている。しかも、鮮やかな青葉若葉が陽に映える、江戸下町の季節感に溢れたのがそのお芝居。当時鰹の値がいくら高くたって、お芝居に出てくる小道具の鰹を見られりゃ儲《もう》けもの、というところで、「髪結新三」は人気のある演目。目には青葉から初夏へかけてのさわやかなお芝居ですな。

仇討ち気象

「一に富士、二が鷹で、三に上野《うえの》とはこれ如何に」

「えッ？　三は茄子《なすび》じゃないんですか？」

「はい。おっしゃるとおりの茄子でしたら、いい初夢の材料なんですが、別に上野としたのは、初夢のネタじゃなくて、仇討ちの三つめをいいたかったんですよ」

「と、いいますと？」

「一に富士、二に鷹《たか》の羽《は》のぶっちがい、三に上野で花ぞ散らせる」

「ああ、わかりました。日本三大仇討ちを並べての言葉で、上野とは伊賀の上野のことですね」

申し上げるまでもなく、一に富士とは、富士の裾野で父の仇を討ちとった曾我兄弟のお話ですな。二に鷹の羽のぶっちがいは、鷹の羽をクロスさせた、播州赤穂藩主、浅野家の紋所。そこから、主君の仇討ちをした赤穂浪士の物語。三に上野で花ぞ散らせる。これは伊賀（三重県）の上野は小田町鍵屋《かぎや》の辻《つじ》で、備前岡山藩の家臣、渡辺数馬《かずま》が、姉さんの聟さん、荒木又右衛門の助太刀で、やはり、父の仇を討ったというお話。

この三つの仇討ちとも、実際にあったお話で、古くから浄瑠璃や歌舞伎などに仕組まれ、今日でもしばしば演奏、上演されておりますな。また映画化されTVドラマにもなっておりますね。

そして三つの仇討ちに共通しているのは、その時どきの気象に関係があるということですな。

そこで富士の裾野の仇討ちの気象について、お話ししてみたいと思います。

曾我十郎祐成《すけなり》と、その弟、五郎時致《ときむね》とが、叔父にあたる工藤祐経《すけつね》を暗殺した日が、鎌倉時代の歴史書『吾妻鏡《あずまかがみ》』によりますと、建久四年（一一九三）の五月二十八日。今の暦でいいますと、七月上旬の梅雨明けごろになりましょうか。朝方は小雨が降り、日中にいったん晴れましたが、真夜中に入ると、篠を突く雨どころか「雷雨鼓ヲ撃《う》チ（人々は）暗夜灯《ひ》ヲ失イ、東西ノ間ニ迷フ」云々とあります。

梅雨明けには、雷をともなうことが多いそうですから、曾我兄弟は、雷雨と暗夜という気象条件を利用して、あるいはそれが二人に幸いして、やすやすと、めざす工藤祐経のいるキャンプに侵入することができた。悪天候が逆に二人に幸運をもたらした。

幼かった兄弟の十八年の苦労に、天が応えてくれた。二人は討ち入りの直前、哀しみの日々への想い出と、幸運に恵まれたことに、抱き合って激しい雨のなかで涙した。

そもそも、曾我兄弟の仇討ちの発端は、土地問題にありました。この問題は、いつの世にも付いて回るものらしいですな。でも当時、土地はむろん投機の対象ではなかった。
源頼朝は源氏の**棟梁**《とうりょう》になってから、**一族郎党**に、サラリーの代わりに、働きに応じて、荘園や平家などから奪い取った土地を与えた。だから、土地をもらった一族郎党は、その土地を大事にした。一つ所の土地を守るために命懸《いのちが》けだった。また土地をもらうために、命懸けで戦った。これが一所懸命。のちに、**一生懸命**の言葉になった。この二つの言葉、似て非なりとでもいいましょうか。

曾我兄弟のじいさま、伊東祐親《いとうすけちか》が、工藤祐経の土地を奪ったので、祐経は大むくれ。恨んだ果てのすえ、祐親の嫡男、河津三郎《かわづのさぶろう》祐泰を闇討《やみう》ちにした。その時祐泰には、幼い二人の男の子がいた。

夫に先立たれた祐泰の奥さんは、泣く泣く、かどうかは存じませねど、五歳になった兄の一万《いちまん》と、三歳の箱王《はこおう》の二人を連れて、今の小田原の在、曾我の里に住む、曾我太郎祐信と再婚する。そこで二人の男の子の姓も河津から曾我へと変わる。のちに二人は**元服**して、兄の一万は十郎祐成、弟の箱王は五郎時致と名乗った。これがいわゆる曾我兄弟ということですね。

義理のお父っつあんは、いい人だったらしく、一万と箱王を実の子のように可愛がったそうですな。でも二人の少年の胸には、父を討った叔父祐経への復讐の念《おも》いはつのるばかり。

　小田原の曾我の里からは、晴れた日には富士山がよーく見えます。その富士山を見て育った二人の少年が、後年、その富士の裾野で復讐を果たしたとは、これも奇しき運命とでもいうべきでしょうか。そのくだりも、『曾我物語』にじっくりと描かれておりますね。それからは、この曾我兄弟にちなんだ芸能が数多く生まれております。それらをひっくるめて「曾我物」と呼んでいることは、ご存知のとおりでございます。

　ま、昔もそうであったでしょうし、今もそうであるように、日本の雨期、梅雨どきも、北海道地方を除いては、ジメジメ、ムシムシ、うっとうしい。たまにほっとするのは、紫陽花《あじさい》を眺めた時ぐらいでしょうか。

　　曾我を読みふと紫陽花に眼を移す
　紫陽花は、七たび色を変えて、悲しき恋をあらわす花とか。おおさみし、おおやるせなや。

夏

夏の今昔また楽し

梅雨に愚痴たらたら

さつきといえば、陰暦の五月のことで、陽暦では六月にあたりますな。六月の気候は北海道を除く日本列島、大体梅雨の季節です。そこで、さつき晴れは五月晴れではなく、梅雨の晴れ間のこと。アパートのベランダの柵や民家の屋根の上は、干される布団なんかで**満艦飾**《まんかんしょく》となるのもその梅雨の晴れ間なんですね。

梅雨の晴れ間とはいっても湿度が高いものですから、干し物も何かカラッとしない。すっきりとしない。しつっこい梅雨が染み込んでもいるような、肌の感触。でもいつ何時《なんどき》、また長雨にならないとも限らない。当節は洗濯機のほかに乾燥機まで売っている。梅雨の季節には**重宝**《ちょうほう》なものですが、やはり太陽の光と自然の風に勝るものはなさそうですな。

そうこうしているうちに、夏至《げし》を迎える。この夏至も二十四節気の一つですな。この日、北半球、つまり、私たちが住んでいる日本列島もそうなんですが、一年中で、昼間が一番長い日。ところが、実際には、この日よりもずーっとあとになってから日が長くなったことを感じますね。というのもやはり梅雨のせい。夏至が曇っているか、さもなきゃ雨の日の年もある。

夏至はいまの暦で、大体、六月下旬のころ。東京の場合、夏至そのものは、一年のうちで昼間が一番短い冬至にくらべますってェと、四時間五十分ほど長いんだそうですね。梅雨のために、実際に太陽が見えるのは、夏至一ン日のうち、平均四時間二十分しかないというんですから、いかに梅雨が憎たらしいか、十分にご経験のことと存じます。

「おい、夏至だってェのに、ちっとも昼が長くねえな」

「じゃ電気をつけて昼の気分を長持ちさせようじゃねえか」

なんて、くだらないことをいっている輩《やから》もいるようで。ま、梅雨の長雨には、愚痴たらたらなんですが、この雨、降るべき時期、降るべき所に、程良く降ってくれないと、あとあとみんなが迷惑する。

第一に、私たちが、雨の少ない夏場に飲む水ですな。この飲料水を溜める大きな水甕《みずがめ》ともいうべきダム。ここを中心に降ってくれないと、夏の日照り続きのために給水制限で、水道から一定時間、水が出なくなっちまう。人間さまが干《ひ》からびてしまいそう。第二に、稲が育つべき時期に水がないと、コメにならない。コメが余っているんだからいいじゃないか、とおっしゃる人がいるかも知れません。が、そういうもんじゃあない。

雨乞《あまご》い

雨が降らない梅雨が**空梅雨**《からつゆ》ですな。そこで昔から、**雨乞い**と呼ばれる行事をやってきたというわけですな。

雨乞いの幾夜寝ぬ目の星の照り　太祇

何といっても昔は、コメが中心の経済でしたから、田んぼが干上がってしまったら、国の経済も干上がってしまう。そこで、雨降りの役をおつとめになっている竜神さまへ、「どうか雨を降らして下さい」とお願いしてきたんですね。

平安時代も、この雨乞いは、国の重要な任務の一つでして、今日《こんにち》でいえば、農林水産大臣どのが直接雨乞いをしていた。京都の神泉苑という所で、坊さんの空海さんが、食うかい、食うまいかい、ま、そんなことはどうでもよろし、とにかくひたすら雨乞いをした。あの小野小町さんも、お上《かみ》からのいいつけで、「天の戸川の樋口あけさせ給え」と、神様にお祈りしたという記録がある。その結果、一天にわかにかき曇って大粒の雨となり、小野小町もびしょぬれになってしまった。そこから小町は**濡事**《ぬれごと》が身についてしまった。そんな記録が残っている、わけがありません。

濡れ事もどきで雨降らす

歌舞伎十八番のうちの一つ「鳴神《なるかみ》」も、雨乞いにちなむお芝居ですな。鳴神上人という坊さんが、世を恨んで、三千世界の水を**司《つかさ》どる**竜神を滝壺に押し込んで、封印してしまった。三千世界はもともと仏教からきた言葉なんですが、竜神という神様にもかかわりあいを持っているというややこしさ。

ま、とにかく八百万《やおよろず》の竜神さまを、京都は北山の奥の滝壺に閉じ込めてしまった。さあ困ったのは、日照り続きで、農作物が枯れそうになった農家の人々。もっと困ったのはお国そのものの体制ですな。国の経済が破綻《はたん》しかねない。そこで雲絶間姫《くものたえまひめ》という絶世の美人を、鳴神上人の許《もと》へと派遣する。何のことはない。彼女の**色仕掛**《いろじかけ》で上人の心を惑《まど》わせ、お酒を飲ませて神通力を失わせ、その間に竜神を閉じ込めていた封印がわりの注《し》連縄《めなわ》を切る。すると竜神の皆さま、喜び勇んで天へと昇る。と、たちまち沛然《はいぜん》たる雨を降らせる。ま、これが、歌舞伎十八番のうちの「鳴神」の粗筋ですな。

それにしても、お芝居とはいえ色仕掛けで坊さんを惑わすとは思い切ったことをするもんですな。げに戒《いまし》むべきは色と酒。ホントにそうですな。鳴神上人もその一人。

鳴神も雲のたえまで堕落する

この「鳴神」はストーリーが単純なうえ、科《しぐさ》が大きいし、男女間のきわどい面白い演技もありますから、外国人の中にも理解する人たちが多く、「KABUKI」の海外公演でも「NARUKAMI」は大いに受けたと聞いています。

女体に触れるという場面は、もうセク・ハラを超えていますが、雲絶間姫は初めから触れさせるのを承知のうえでのストーリーの展開ですから、観る女性の方々もあるかなしかの被虐本能を刺激されて、かどうか、とにかくお喜びになる。

おらの村にも雨降らせ

えー、この雨乞いの民俗行事は、昔のことばかりではなく、今にも伝えられ、行われている村々もあるようですな。そこから「雨乞い踊り」と呼ばれる民俗芸能も生まれた。

ま、村々の雨乞い行事は、長い年月の間に、その地方その地方独特の形ができたというわけでしょうな。

例えば、丘や山のてっぺんで火を燃やして雨を呼ぶ。あるいは、滝壺や大きな溜池などの中に石を投げ込む。そうして、そこにお住まいになる竜神さまをわざと刺激して怒らせる。「何をする!」てんで、髪を逆立てた竜神さま。たちまち天へ昇って雨を降らせてしまう。とまあ、さまざまな雨乞いの形が残っています。

科学の発達した今の時代でも、雨乞いという祈願の行事を超えて、積極的に雨を降らせようとする試みもありますね。飛行機から雨を降らせようと、化学物質を撒く。すると一天にわかにかき曇り――、と、そうは問屋がおろさない。あまり効果はなさそうですな。雲を造ること、雨を降らせることと、化学物質との因果関係が、いまいち摑めない。まったくのところ、**雲を摑む**ようなお話でございますな。

ある晴れた日に

手前ども人間は、勝手な一面を持っていて、長雨が続くと、「よく降りますなァ、まったく。やんなっちゃう」とボヤク。反対に日照り続きだと、「今年は異常気象ですなァ。ここらでひと雨もふた雨も欲しいところですよ。まったくのところ」と、これまたボヤキの連続。

そうかといって、集中豪雨になった地方は大きな被害を出し、皆さん難儀をするばかりか、尊い人命さえも失うことだってある。

稀《まれ》ではありますが、梅雨の中休みで、朝から湿気がなく、カラリと晴れて太陽が眩《まぶ》しいくらいの日もありますね。映画やテレビのロケーション・スタッフ、とりわけカメラマンは、この快晴の日をピーカンといって喜ぶ。

ピンカートン海軍士官は、長崎に来て日本女性と結婚する。明治時代の初めのころのことです。しかし彼は一度アメリカに帰って、こともあろうに、本国の女性ともう一度結婚をする。長崎で芸のサービスをもって生業とする日本女性は、やがてピンカートンとの間に出来た子供を産む。ピンカートンは、本国で結婚した妻を連れて再び来日。その日本女性との間に出来た子供を引き取ろうとする。彼女は絶望のあまり、自らの手で命を絶ってしまう。可哀想ですなァ。彼女の気持ちは、梅雨空のように暗い。でも詠唱するのはアリア「ある晴れた日に」。ご存じ、プッチーニ作曲のオペラ「蝶々夫人」の物語ですね。

梅雨空のような暗い運命《さだめ》の中でうたう第二幕の「ある晴れた日に」。このマダム・バタフライのオペラは、日本が舞台だけに、日本の伝統音楽の旋律が随所に入ってますな。例えば長唄の「越後獅子」や「元禄花見踊」、それに「お江戸日本橋」など。哀しくも、また美しくもある、梅雨の晴れ間のような歌劇ですな。えー、梅雨どきの、ある晴れた日に、木の葉から木の葉へと渡る蝶々をたまたま眼にしますってェと、ふと、歌のドラマ「マダム・バタフライ」の舞台を思い出すこともありますね。

毒には毒を

夏至から数えて十一日目が**半夏生**《はんげしょう》。大体、いまの暦で七月二日前後。実感として、初夏といってもいいいんじゃあないでしょうか。半夏とはドクダミに似たカラスビシャクという毒草。この半夏という草が生えるので半夏生。実際には春に地下から地上へ茎を出し、夏至から十一日目前後に花を持ち、やがて、小さな丸いかたまりとなる。江戸期、天明年間の書物『年浪草』には「半夏は薬草なり」云々と出ています。つまりドクダミの毒性が、逆に傷などを治してしまうように、半夏、つまりカラスビシャクも、確かに毒性はあるにはあるが、反面、その毒性が薬草としての効力を持っているというわけですな。

当節でも、効き目のある薬品は、反面効きすぎるとマイナス面も出てくる、という**諸刃**《もろは》**の剣**《つるぎ》のような化学物質をもったものが多い。よく効く強い薬に、副作用といわれる症状が出るのも、その例の一つなんでしょうな。

よく「毒をもって毒を制す」といわれておりますな。昔、大きな国の中で、二つの大きな勢力を抱えたそれぞれの武将がいた。二人ともアクの強い悪人だ。その上に立つ大将は、二人とも邪魔で仕方がない。そこで、大将は、二人の悪人の武将に片一方ずつ、相手の悪口を吹き込んだ。

一人へは「あいつがお前のことを、こんなふうに悪く言っているぞ」。そしてもう一方の武将にも同ンなじことをいって煽《あお》りたてる。そのうち二人の仲はますます険しくなり、とうとう二人は部下たちを率いて相戦うことに相成った。

そして二悪人とも戦死してしまい、結局、大将が常々邪魔だと思っていた二人の悪人はいなくなり、二大勢力とも滅亡し、大将はやっと安心した。「毒をもって毒を制す」の変則的な例の一つでしょうな。でも本当の大悪人は、このことを仕組んだ当の大将その人だったのではないでしょうか。

現今の社会などでも、こういった例は、無きにしもあらず。ご要心とは為念《ねんのため》。

恐れ入谷の朝顔屋

えー、朝顔は夏の花ですから、俳句の世界でも当然夏のものだと思って、俳句歳時記を引っぱり出して、夏の部をめくっても、いくらめくっても、朝顔の項目は出てこない。もしやと思って秋の部を見ると、ちゃーんと朝顔が出ている。「朝、顔を洗って出直して来い！」と言われているようで、癪《しゃく》に触ってしょうがない。さて冷静さを取り戻して考え直してみると、なあーるほど、朝顔は植物としては秋の部類に入れ、人々の生活面――人事では夏の部にする。このややこしさには、「恐れ入谷《いりや》の鬼子母神《きしぼじん》」。

東京では、入谷にある鬼子母神一帯で、江戸期の後半も末に近い天保六年（一八三五）に、朝顔市が始まったと伝えられています。その入谷は、当節、東京都台東区の一部になっていて、商店街を形づくっていますが、江戸時代の昔は入谷田圃《いりやたんぼ》といわれて、田んぼが多かった。

入谷田圃といいますと、お芝居の好きな方は、これも河竹黙阿弥の書き下ろした歌舞伎「天衣紛上野初花《くもにまごううえののはつはな》」の中の一場面を多分思い出されることでしょう。不良の後家人《ごけにん》、片岡直次郎《かたおかなおじろう》が、町人に身をやつし、入谷の寮に**出養生**で来ている大口屋の遊女三千歳《みちとせ》の許《もと》にやってくる。悪事がばれて**高跳び**をする前に、三千歳に一目会いにきたという一場面ですな。
三千歳が、愛人直次郎への口説《くどき》を音楽化したのが、浄瑠璃、清元の名曲の一つ「三千歳」。

〽一日逢わねば千日の、思いにわたしゃ煩《わずろ》うて、鍼《はり》や薬のしるしさえ、泣きの涙に紙濡らし……と延々とかき口説く。泣くのが、三千歳。**ヤニ下がる**のは直次郎。直次郎にこんがりヤキモチを焼いたり、三千歳に同情したりするのは、そのお芝居を観ているお客さんたち。

入谷のお話の入《い》りのところで、ついつい長くなっちまいましたが、とにかく江戸時代の末期まで、入谷は田んぼの多かったところ。そのあたりの土の質が、朝顔の栽培には向いていた。で、数軒の植木屋さんが集まり住むようになった。天保六年のころだったそうですな。まだ朝顔市などは立っていなくて、植木屋さんたちは、鉢を籠に入れて、江戸の街中を売り歩いていた。しかし、毎朝百パーセント売れるとは限らない。残る日もある。

売れぬ日は萎《しお》れて帰る朝顔屋

朝顔というその名のとおり、朝は元気がいいものの、満員電車にゆられて、昼はしおれてしまうという、遠方からお勤めの皆さんのよう。朝顔屋も売れない昼は、疲れもあってしおれてしまう。

朝顔そのものの歴史は古く、千年も前から、薬草の一つとして、中国大陸から日本に渡ってきたものらしく、『萬葉集』や『拾遺集』などにも朝顔が顔を出しています。

さて、江戸入谷の朝顔栽培は年ごとに盛んになり、植木屋さんは、植木商を兼ねまして、江戸から東京に変わっても栄えてきましたが、とうとう大正二年（一九一三年）には、入谷名物の朝顔は、途絶えてしまったんですな。

でも地方では、自然に咲く朝顔は残っていました。加賀の千代女さんは、私たちが今でもよく口にする一句をのこしていますな。

朝顔に釣瓶《つるべ》とられてもらい水

そして小林一茶は、

朝貌《あさがお》に涼しく食うやひとり飯

当節、お勤めの関係で、単身赴任をされている方々は、一茶の句に、突っ張りを感じられるか、それとも、俺もそうだと思われるか、さて、どちらでございましょう。

いったん途絶えた東京入谷の朝顔市は、昭和二十三年に復活し、それからは毎年、七月の六日から八日にかけて行われ、東京やその近県に住む皆さんの眼を楽しませ、気持ちを和《やわ》らげておりますな。それだけ東京の街中に、花が少なくなってきたからだと、言えなくもありませんね。

星合《ほしあい》に星逢えず

七月に入りますと、あちこちの保育園や幼稚園などから、「てるてる坊主」や「七夕」などをうたう、幼いお子さんたちの、可愛い歌声が聞こえてまいりますな。小学校低学年の皆さんもうたう。そして、保育園や幼稚園、それに小学校などでは、先生方も手伝っての七夕竹づくり。それぞれの家庭では、お子さんたちを中心にして作っておりますな。

とりわけ幼い女の子さんたちは、ぎこちない手つきで、てるてる坊主を作る。そして、あどけない声でまたうたう。

〽てるてる坊主　てる坊主　あした天気にしておくれ
　いつかの夢のそらのように　晴れたら金の鈴あげよ……

明日の夜の快晴を祈るその気持ち、まことに**いじらしい**じゃありませんか。ただ残念なことに、いまの暦の七月上旬は梅雨のさなか。晴れた夜空は、あまり期待できないのではないでしょうか。七夕に限らず、伝承されてきた民俗行事が、いまの暦に合わせるあまり、実際の季節感に**そぐわない**面も多々ありますね。

　七夕はもともと陰暦七月七日の行事でした。平成三年の旧七夕は八月の十六日。そのころですと、天候も安定し、夜空も晴れて、美しい天の川も見上げられますし、織姫、彦星の星合、デートは如何に、と、無数に煌《きら》めく星の中から、そのロマンを想像することだってできるじゃありませんか。梅雨どきに、色紙《いろがみ》の短冊をつけた笹竹を、何も無理しておっ立てることはないと思うんでありますが、いかがでしょうか。私は、七夕を陰暦で行うべし、とあえて提言したいのです。かの松尾芭蕉は、この句を残しています。

　　七夕や秋を定むる夜のはじめ

　時あたかもお子さんたちは夏休み。みんなして楽しめる、格好の行事じゃありませんか。

　それにしても、今のお子さんたちは科学的思考が進んでいますから、人工衛星の飛び交う夜空で、牽牛・織女の二つの星の、星合というロマンを信じようとはしない向きもある。私たちが子供のころは、七夕の日の朝、大きな蓮の葉っぱの中でコロコロしている水滴を、小さな瓶に入れて家に持ち帰り、午後になって、その水滴を少しばかり硯に移し、墨を擦って、筆で五色《ごしき》の短冊に、いろんな文句を書き記したものでした。字が上達するともいわれましてね。

その文句は、大人でしたら和歌や俳句、漢詩の一節。子供でしたら小さな願いごと。ま、さまざまな文句がありました。

天の川百人入れて手伝わせ

気の利いた、うまい短歌が作れないので、小倉百人一首から歌を借りて、さらさらと筆を運ぶ。それにしてもガクのある人ですな、この人は。

青紙は母に書かせる天の川

赤い色紙は綺麗で**見栄え**《みば》がするので娘さんが書く。青い紙はおッ母さんに押しつける。人生ちょいとばかり枯れかかっているおッ母さんと違って、娘ざかりの彼女たちは、書いた文句を家族といえども見せたがらない。とは、今は昔のものがたり。筆字が珍しい幼子《おさなご》は、自分の掌《てのひら》にも書いてもらう。

あこが手に書いてもらうや星の歌　一茶

この七夕行事の成立や由来などは、やはり古代中国。後漢（二五〜二二〇）の時代になって初めて、牽牛・織女のロマンが生まれた。そして↓日本の宮廷↓武家社会↓民間という経路に加えて、中国と日本との他の信仰・民俗行事がミックスされまして、大体、江戸時代の末期に、今の七夕の元の形ができあがったと、ものの本に記されてございます。

それにしても、七夕の夜に、飛んで来たたくさんの鵲《かささぎ》が、銀河《あまのがわ》の上にずらり横に並び、翼《つばさ》を連ねて橋を作り、織姫を渡らせて、彦星に会わせてやった。想像するだにいい光景ですな。そして二人の、いえ二つの星の恋愛が星合。星合、いい言葉ですねぇ。ほかに星の妹背《いもせ》、星の契《ちぎり》。星祭《ほしまつり》。ちょっと色っぽいのは星の閨《ねや》。

こういうロマンティックなお話と言葉とを、ずーっとずーっと、あとあとの世へと、ぜひ語り継いでもらいたいものですな。

えー、この七月行事を、ひと月後らせてやっている地方もありますな。宮城県の仙台市がとりわけよく知られておりますな。牽牛（鷲座のアルタイル）と織女（琴座の主星ヴェガ）とのことなんかどうでもいい、というわけじゃあないでしょうが、地上ではもっぱら観光と大売り出しが第一の目的。

集まった大勢の男性女性の中から、天上の星合ならで地上の人合《ひとあい》、恋愛が芽生えたとなれば、牽牛・織女も、さぞさぞ喜ぶことでありましょう。が、

〽七夕の逢うは別れの始めぞと　明けて嬉しき一夜のちぎり　またもや袖に涙雨

この小唄の唄の文句のようになりませんことを祈るや切。

七夕にちなんだ日本音楽の中には、ほかに長唄の「五色の絲」や清元の「流星」などが、よく演奏されておりますな。

四万六千日《しまんろくせんにち》のご利益は

いまの暦の七夕から三日目の七月十日は、四万六千日。観音さまの**結縁日**《けちえんび》ですな。この日に観音さまへお参りをすると、四万六千日分の功徳《くどく》がある、といわれていますな。信心深いお方は毎年お参りをする。するとどういうことに相成りますかなァ。一ン日お参りしただけで、四万六千日分の功徳があるといわれていますから、仮に十年間、お参りを続ければ、十掛けるところの四万六千とは、ま、そんなセコイことを考えちゃあいけません。その年その日の四万六千日こそ大切なんですから。

もっとも、

亀四《し》匹《ひき》鶴が六羽の御縁日

と計算した川柳も残っています。亀は万年も生きるといわれるので四匹の亀で四万年。鶴は千年ですから六千年。合わせて四万六千日という、くだらない洒落。

この四万六千日参りの起源、由来などははっきりしていませんが、ま、お寺の経営が上手な坊さんか、あるいは檀徒総代あたりが考えだしたんじゃあなかろうかと、憶測されているようですな。長崎市や鎌倉市、それに千葉県などにある観音さまでも行われていますが、とりわけ名の通っているのが、東京浅草の浅草寺《せんそうじ》の四万六千日。浅草寺には尊い観音さまがいらっしゃるのに**かこつけて**、お寺から程遠からぬ所にあるサロンの、別の観音さまを拝みに行って、二、三日の間、**流連**《いつづけ》した不埒《ふらち》な男性が、昔はいた。そして、

　　四万六千二三日に帰宅

と、これも変な計算ですな。

音色も誘う白い足

東京浅草の浅草寺境内では、七月十日と前の日の九日との両日、毎年、鬼灯市《ほおずきいち》が開かれています。奈良東大寺二月堂のお水取りの儀式が終われば、「関西地方に春が来る」といわれてきたのに似て、浅草寺の鬼灯市は、「江戸（東京）の街に夏を呼ぶ」といわれてきました。事実このころから東京地方も梅雨明けとなっています。ま、その年その地方によって梅雨明けの日は違いますが、鬼灯市のあと、七月半ばごろになるんじゃあないでしょうか。

　鬼灯市に並べる鬼灯なんですが、以前から東京の東部の農村地帯から持ってきている。鬼灯に限らず、正月の七草、五月、端午の節句に、それぞれの家の屋根に葺《ふ》く菖蒲、夏

ていました。

の土用丑の日の鰻、こういったものは、江戸（東京）の街の周辺の農村部から運んでき

ところが現今では、住宅地が周辺農村部まで広がってゆき、東京の街中の行事にあてる農産物や草花、それに生き物などの調達がむずかしくなってきた。その調達が業者の皆さんの百八つの煩悩の一つ。

ま、それはともかく、鬼灯市では鬼灯ばかりを商《あきな》うだけではありません。色とりどりのガラス製の風鈴や鉄製の風鈴が、風を呼んでいかにも涼しげな音色を出す。釣忍《つりしのぶ》が夏を待つ。中でも嬉しいのは、浴衣に帯をきりりと締め、団扇《うちわ》片手に、素足下駄履《ば》きの女性の姿。その姿をまだ見かけるんですよ、東京の下町で。これぞ夏を呼ぶ姿そのもの。くり返していいますよ。嬉しいじゃあありませんか、ねぇ。

風鈴の音色涼しき白き足

み魂迎え

昔のお話です。若い男たちが集まって、いかにして死すべきか、などと他愛もない話と相成った。若いからこそ平気で、死ぬの、生きるのと他人事のように話せますが、人

間業を長くやってますと、不謹慎なことだと口を噤《つぐ》むようになる。若い人は気持ちの底のどこかに、俺だけは死ぬことはないという、想いがこもっている。だから平気で**減**《へ》**らず口**《ぐち》をたたくことになるんですな。

「俺は胸の病《やまい》で死にてェ。粋《いき》だもんな」

「俺は同ンなじ胸の病でも、恋患《わずら》いで死にてェよ」

「俺か？　俺はそうだなァ、酒飲みだから中気でヨイヨイ」

「そりゃいけねぇ。長患いで家族が大変だ。俺なら**頓死**《とんし》を選ぶ」

胸を張って、最後にそう言ってた男が、一週間も経たないうちに、本当に頓死してしまった。今でいう突然死ってことですかな。仲間が集まって、その新仏に涙を流しました。するとその中の一人が、

「ほら、墓の中からあいつの威張《いば》ってる声が聞こえてくるぜ。〝どうでェ、俺の言ってたとおり、見ン事頓死しただろう〟って。な、ほらほら、聞きなよ」


もう一つ。

茶釜をシュンシュンたぎらせて、さて茶袋をその中に入れますってェと、むらむら立つ湯気の中から現れたのは、白無垢姿の亡き女房。

「おう、そちゃお絹じゃないか。してまた何でこの茶釜から……」

「法事（焙）が足りませぬウ」

えー、いまの暦の七月十三日から十六日までが盂蘭盆会《うらぼんえ》。ふつうは「お盆」といってますな。ご先祖さまのみ魂《たま》祭り。前の年のお盆のあとに亡くなった人のいる家では、新《にい》盆《ぼん》あるいは初盆《はつぼん》といってますな。

このお盆の行事も、お釈迦さまのお国インドから中国を経て日本に伝えられまして、斉明《さいめい》天皇の三年（六五七）に、朝廷が初めて行ったといわれています。

神棚も仏壇もあるお家では、お盆になりますってェと、神さまには暫《しば》しお休みしていただこうと、白い紙で神棚を覆っておきますな。十字架のあるお宅では、お盆にはどうなさるのでしょうか。

お盆の風習も、それぞれの地方によって違います。長い伝統に培《つちか》われていて、それぞれ尊厳さの中にも民俗の美学がある。それをたっぷり受け継いで表現できるところは、やはり今に残る農山村でしょうか。そうすると、いまの暦の七月中旬よりも、やっぱり陰暦か、ひと月おくれのお盆のほうがいい。

遺言の酒そなえけり魂《たま》まつり　　太祇
供える人も、恐らくはお酒の好きな人でありましょう。それだけに、その点に関してはよく気がつくというわけ。お盆の日に、丸いお盆の上に、冷《ひ》やのお酒を入れたコップをのせ、仏壇の前へと、――おっとっとっと、お盆の上のコップを倒しちゃいけませんよ。「覆水盆《ふくすいぼん》に返らず」なんてェことをいいますからな。こぼれたら、自分で呑んじまおう、なんてェことはしちゃあいけませんよ。

祇園会のころ

歴史の都、京都では、七月に入りますってェと、様子がめっきり変わってまいりますな。今年も、名物の祇園祭が始まったからなんですな。

祇園祭というのは、京都の東山祇園に鎮座まします、八坂神社の祭礼ですね。正しくは、「祇園御霊会《ごりょうえ》」と呼ばれておりまして、五月の「葵祭」、十月の「時代祭」とともに、京都の三大祭の一つだってェことは、皆さんがよくご存じのとおり。七月に入りますとすぐに始まり、二十九日まで続きますが、何といっても祭りの山場は、山鉾《やまぼこ》の巡行する十七日。前の日の前夜祭――宵山《よいやま》と併せて、地元や観光客の皆はんの人出は、そりゃもうえらいもんでっせ。今はもう国際的な祭りの一つといってもよろしゅうおます。

さて、祭り好きのフランス人。七月十四日のパリ祭を楽しんでからすぐ京都に来た。

そして山鉾巡行を見て、上方ずしをほおばりながら、「おう！　すし・ぼん」。

祇園会や二階に顔のうづたかき　　子規

その家並みも、ビルに変わりつつある当節でございます。

祇園祭といえば、すぐ京都の祭りを思い出しますが、それと相前後して、あちこちでも行われているのは嬉しいことですな。例えば九州の福岡市では、七月十五日、櫛田神社の「博多祇園祭」。また直接、京都の系統を引くものではなくても、町々、村々にも、七月十五日前後に行われている。そうでした。十一日は、やはり福岡県「小倉《こくら》太鼓祇園祭」。今は北九州市に入っている小倉地区の祇園会。人間業を長いこと続けていらっしゃる皆さんには、阪妻こと、坂東妻三郎の打つ祇園太鼓が懐かしい。ご存じ「無法松の一生」のワンシーンですな。

たとえ、他所《よそ》から移り住んできた人であっても、前から住んでいる皆さんの中に加わって、祭りを盛りあげている。祭り好きだけがその理由ではない。そこに住むこと自体に誇りを持つからです。ましてや長くそこに住みついている皆さんの郷土愛はさすがに強い。いいことですな。最近は、都市の土地高、住宅難で、皆さんはどんどんその周囲へと移り住む。土地土地の祭りは、前から住んでいる人たちと、新しく移り住んできた人たちとの気持ちが通いあう、格好のイベントじゃあないでしょうか。

匂い来る早稲の中より踊《おどり》かな　言水

来るのが遅い短夜

梅雨が明けると、朝からクワーッと照りつける太陽の光。でも湿度が梅雨どきほど高くはありませんから、家の外でも木陰などに入れば、涼風が吹いて気持ちがいい。なるほど、前に申し上げたとおり、昼間が一番長い日の夏至は六月下旬の初め。ところが、あたかも梅雨どきで、とても昼間が一番長いなんて感じられません。ふつう、七月下旬になってから、夕方遅くまで明るくて、次の日の朝も明るいので、夜明けが早く感じられる。で、夜が短く感じられる。これぞ実感としての**短夜**《みじかよ》ですな。

短か夜や来ると寝に行く憂《う》き勤め　太祇

昔、**苦界**《くがい》に身を沈めた女性の短夜は、さぞ哀れだったことでしょう。当節は会社や工場などで、交替夜勤のところもある。そのお仕事も大変です。昼と夜とがひっくり返ってますから。さて勤務を終えて早朝我が家へ帰っていく。そして家の人に「こんばんわア」と疲れた声でごあいさつ。ついつい「おはよう」というべきところがその逆になる。

ま、家族のため、我が暮らしのため、夜勤もやむを得ませんが、健康にはくれぐれもご注意ください。一方、仕事ではなく、ディスコやお酒を呑み過ぎての夜遊びから、はや明《あ》け方《がた》かと、短夜を感じる方には、その明け方が何となく**後《うしろ》めたい**。ところが作家の阿佐田哲也さんの明け方には、後めたさが**微塵《みじん》**もない。堂々としてテツマン（徹夜マージャン）をお打ちになる。ふと気がつけば、「朝だ、徹夜だ」。ということで、ペンネームを阿佐田哲也とされました。これは一風変わった短夜のありようですな。

当節でいうところの熱帯夜。クーラーもなかったひところまでは、古めかしい扇風機に吹かれて夜を送る。さもなきゃ外へ出て、ひとまず夜風で涼《すず》んでから床につく。それでも熟睡できないで**輾転反側《てんてんはんそく》**。うとうととしているうちに、はやコケコッコー。

よく夜型《よるがた》という人がいますな。むろん、夜行性動物とは違いますよ。昼間はぼんやりしているか、ゴロゴロしているか、とにかくいかにも元気がなさそうに見える。ところが夜になると急に元気になってくる。

桂庵《けいあん》——**口入屋《くちいれや》**の紹介で、狂言作者の二代目桜田治助（一七六八〜一八二九）の家に、お手伝いさんとして入った少女。口入屋から、治助さんの商売は〝もの書き〟で、いい人だが、気むずかしくて変わっている人、と聞かされていたんですな。なるほど昼間は二階の自分の部屋でゴロゴロしてますが、夜になると灯りをいっぱいともして、時々大声を出したり、ブツブツいったりしている。

毎夜のことなんで、お手伝いさんのその少女、薄ッ気味悪さを感じながらも、ある夜、おずおずと二階へ上がる梯子の下に近づいた。すると二階から旦那さまの声が伝わってくる。

「えーと、この女は亭主持ちだが、浮気もんだから殺してしまおう。どこがいいかなァ。む、川ン中へぶち込んじまおう。それがいい。で、この亭主は小金《こがね》持ちだから、むー、そうだなァ、番頭にその金を盗ませるてェのはどうかな……」

梯子の下で聞いていたお手伝いさん。びっくり仰天。この旦那は、きっと大泥棒か、人殺しか、とにかく悪い人には違いない。ガタガタ震えたので、ついゴトリと音を立ててしまった。あわてて素足《はだし》のまま、近くの**自身番**へと駆け込んだ。刻《とき》は**明六《あけむ》つの鐘**を告げていた。えー、日の出より、およそ三十分くらい早い時刻ですな。お手伝いさんの少女にとっては、これも変わった短夜とは相成った。

もちろんその少女は、狂言作者——劇作家の存在も知らないし、そういう類《たぐ》いの人たちが、おおむね夜型だとも知らなかったんでしょうな。

二代目桜田治助は、劇作家としてはあまりパッとしませんでしたが、浄瑠璃や長唄などでは、今でも語られ、うたわれている、優れた作詞家としての名を残しておりますな。

常盤津の「源太《げんた》」「釣狐《つりぎつね》」。清元の「お半《はん》」「鳥羽絵《とばえ》」「傀儡師《かいらいし》」。そして長唄では「汐汲《しおくみ》」「舌出し三番叟《しただしさんばそう》」「浅妻船《あさづまぶね》」「晒女《さらしめ》」なんかが、そうですな。

その中でも長唄「浅妻船」のひとくだり。

〽誰に契りを交わして色を　かえて日影に朝顔の

花の桂に寝乱れし　枕恥かし辛気でならぬえ……

そしてこの二人は**後朝**《きぬぎぬ》の別れ——と、このくだりは治助さん、真夜中からはや明け方まで、ひと眠りさえもいたさず、短夜の中での苦心の作ではあったろうと思われますな。

土用丑の鰻

子供さんたちの夏休みも、山国や北国などでは短く、逆に冬休みが長い。しかし、全体に、七月下旬には夏休みに入っていますな。

七月の二十日ごろからは夏の土用に入る。海岸近くに住む子供さんたちは、その日も我先にと海に入りますな。しかし場所にもよりますが、土用波は荒いといわれていますね。

「おーい、土用波には気をつけるんだぞーッ」

遠くの方から子供さん、

「お父さーん。今日は日曜日だよーッ」

やがて土用丑の日となりました。

「お母さん、今夜はビフテキでしょう」

「鰻にするって、お父さんがおっしゃってましたよ」

「だって、土用ウシの日っていうでしょう。今日は牛肉を食べる日だって、お友達がいってたよ」

えー、土用丑の日に鰻を食べれば夏負けをしない、という言い伝えで、当日は鰻屋さんも魚屋さんも、大繁盛。要は、夏バテをしないように、上質の脂肪分の多いタンパク源を摂ればいいってことでしょう。別にみんなが殺到するその日に限って食べなくてもいい。というと鰻屋さんの営業を妨害する形となりますから、ま、この辺で。

万葉の昔、歌人の大伴家持《おおとものやかもち》は、こんなふうに詠んでおりますな。

石麻呂《いわまろ》に吾物《われもの》申す夏痩《なつやせ》に
　よしと云う物ぞ鰻とり召せ

ずいぶん昔から、夏には鰻を食べていたんですな。やはり健康保持のために、上質良質の食べ物を選択していたんでしょうね。エライ人だからこそ、それもできるんでありまして、当時の下々《しもじも》の人たちは、やはり稗《ひえ》や粟《あわ》ばっかり口にしていたんでしょうか。

夏の土用丑の日に、風習として鰻を食べるようになったのは、そんなに昔のことではなかったそうですな。江戸時代半ばごろに生きたアイデアマン、平賀源内《ひらがげんない》（一七二八～七九）が、鰻屋さんに看板を頼まれたところ、「今日は丑」と書き、それが今日《こんにち》まで、鰻の蒲焼を売りまくるコマーシャル・ワードとなり、キャッチ・フレーズともなっているというわけですな。

平賀源内おじさんのころ、江戸の街中には鰻の養殖場がなかった。地方でも養殖技術は進歩していなかった。だから本物のイキのいいのが、地方の川や田んぼなどから運ばれてくる。

丑の日に籠で乗り込む旅うなぎ

当節、ある地方の養殖池から網で掬《すく》いあげられた鰻はバケツに入れられる。それを上からのぞき込む放牧中の肥育牛。そして牛と鰻との、食うか食われるかのけんか話。

「のらりくらりしていても、とうとう捕まってしまったな。もうすぐ人間さまに食われちゃうぞ」

「お前だって、のろのろして、食っちゃ寝、食っちゃ寝して、結局、食われちゃうじゃないか。ウッシシッ」

「お前たちは火あぶりだ」

「でも、俺たちの値段は鰻のぼりだ。それにくらべると、お前たちは牛肉の輸入自由化で値段はあやふやだ」

「でもお前たち鰻なんかを、ほとんどの外国人が食っちゃいない。どうだい。俺たちの肉は、国際的なんだぞ」

「なんだい。のろのろ野郎」

「何を！　このくねくね野郎」

　丑の日はのろのろされぬ蒲焼屋

夏秋ともども

秋立つ日に立たぬ秋

秋立つ日、立秋も二十四節気の一つでして、陽暦ですと、八月八日ごろ。『古今集』の秋の歌・上の巻に、藤原敏行《ふじわらのとしゆき》の詠める歌として、ご存じ、

秋来ぬと目にはさやかに見えねども
風の音にぞおどろかれぬる

とあります。今日の暦の立秋ですと、吹き初める秋の匂いをもつ風なんかじゃあなくって、北上する猛台風にこそ、驚かれぬる、って所が多い。そして、日中はうだるほどの暑さ。

「こう暑くっちゃあ、たまりませんなァ」

「ほんと、家ン中にじっとしてても汗が滲み出てくる。どうなってンでしょうね」

「お天道さまにでも訊いてみますか」

笑い話ですませるくらいなら、まだいいほうです。クーラーのない屋外で昼日中《ひるひなか》働き続ける人たちのご苦労は、如何ばかり。「汗水たらして働く」という実感そのもの、でしょうな。

「東京地方、日中《にっちゅう》はうだるような暑さですが、高原では、もう芒《すすき》の穂が初秋《はつあき》の風に揺れています」

なんてね。クーラーのよく効いたスタジオから、背広をキチンと身につけた、いーい男のキャスターが、それこそ涼しげなお顔で、お話しになる。

クーラーがなかったころは、人々は夕暮れを待って涼みへと出たものでした。早めに夕食を済ませて、外へ出る。浴衣《ゆかた》に素足に手に団扇《うちわ》、という姿は、当節ほとんど見かけませんですな。というのも、一人で浴衣の帯を締められない、という娘さんが多くなってきた。もう一つ、当節は女性の皆さんでも、身のこなしが大きくなった。浴衣では、大胆に(?)ふるまえない。何となく、裾の乱れが気にかかる。そこで簡単なワンピース。ま、それなりにいい姿ですよね。

男性はてエと、いい年をしたおじさんまでが、Tシャツに、ショートパンツ。毛むくじゃらの長い脛《すね》。海水浴へ行く格好とほぼ変わりがありません。

しかし夕涼みに出る人たちは、東京下町ですら、その数が少なくなってきた。ましてやひと月おくれの七夕の夜、満天の星を見上げながら、二つの星の**逢瀬**を語る、浴衣姿のロマンティックな男女の姿を、今はとんと見かけない。もっとも、ひところ前だって、二人は見られちゃまずい場所なんかには居やァしませんですとも。

ま、今はクーラーの効いた家ン中で、プロ野球ナイト・ゲームのTV中継を見るとか、メロドラマや推理ドラマに**うつつをぬかす**なんてェのが**せきのやま**、といったところでしょうか。

ひところまでの夕涼みには、人間のいとなみと風物とのふれあいがあった。そこには、風物へ寄せる思いってェもんが、こもっていたんじゃあないでしょうか。

夏の涼みは両国で

だいぶ前から、東京の隅田川の水が少しずつ綺麗になるにつれて、納涼船が復活しました。もっとずーっと前、江戸時代の後半ごろにも、船遊び、なんて、夕涼みを船でしゃれこむ**手合**も多くいました。庶民が楽しむ、小さな屋根《やね》なしの、涼み舟。お大名、大商人《おおあきんど》たちが乗ってる屋根船《やねぶね》。それに、どっかと構えた屋形船。その間を往き来する、芸を聞かせるの芸小舟。

〽上手より　はやしの船や影芝居　あやなす手さき写絵《うつしえ》や　人気役者の声色も　流す

隅田の夕涼み

屋根船、屋形船には、夏にはすだれが取り付けられていた。すると、中の様子を、ちよいとばかりのぞきたくなるのが、人情というもの。

〽吹けよ川風あがれよすだれ　中の小唄の顔見たや

隅田川に最初に架けられた橋が、両国橋。あの在原朝臣業平さんが東《あずま》へ下って、ここら辺りにやってきた時、「……武蔵の国と下総《しもつふさ》の国との中に、いと大きな川あり。それを角（隅）田川という……」。その武蔵の国と、下総の国との両方の国に架かる橋だてエんで両国橋。ざっと三百三十年前の、万治二年（一六五九）にできたそうですな。

この両国橋にちなむエピソードも多い。

橋の下を行き交う屋形船の**絃歌さんざめき**を、橋の上で、じっと見ていた一人が、**鋳《い》掛屋《かけや》**の松五郎という、一見実直そうなおじさん。

「ふん、**こちとら**は汗水流して働いているというのに、たいした銭にもなりゃしねぇ。鋳掛という商売《しょうべぇ》が、金《かね》に縁があるとはいっても、所詮は鍋釜《なべかま》の**穴直《けつなお》し**。とても夕涼みどころじゃねぇ。一方あっちは、どういう風の吹き回しか知らねぇが、**あぶく銭《ぜに》**で儲《もう》けた

お大盡さま。**美形**を侍《は》ンべらせての**椀飯振舞**《おうばんぶるまい》。同ンなじ星のもとに生まれながら、なア……」

と、心の中で呟《つぶや》いたのでしょうか。

「あれも一生、これも一生、こいつぁ**宗旨**《しゅうし》を変えざぁなるめぇ」

てんで、盗《ぬす》ッ人《と》になっちまうのが、「舟打込橋間白浪《ふねにうちこむはしまのしらなみ》」という、「白浪物《しらなみもの》」も得意な劇作家、河竹黙阿弥の作品の一つ。

ま、こういった人物は特異中の特異な例でして、多くの人々は、素直に隅田川での夕涼み、舟遊びを楽しんだことでありましょう。

〽夏の夕涼みは両国の　出船入船　屋形船　上がる流星　星くだり　玉屋がとりもつ
　縁かいな

陰暦の五月二十八日には、両国橋の上流を玉屋《たまや》と呼ばれる花火屋が、また下流を鍵屋《かぎや》が受け持って、花火大会が行われていました。これが、隅田川の川開きでもあったんですな。

打ち上がる花火に、花火好きの人たちは、「玉屋ァ!」「鍵屋ァ!」と声を掛け合いました。

さて五月の二十七日の深更《しんこう》から、両国花火大会のあった翌二十八日の明け方にかけて、富士の裾野で大事件がありました。そうです。曾我兄弟の仇討ちでしたな。建久四年のその日も雨でした。**健気**《けなげ》にも、哀れにも、ただ父の仇を討つために、ただそれだけのために、**可惜**《あたら》二人は少年から青春時代までを犠牲にしたんです。唯一の救いは、兄の十郎祐成には大磯の虎御前《とらごぜん》、五郎時致には化粧坂《けわいざか》の少将、それぞれのリーベがいたという、伝え話が残っておりますな。

で、二人の祥月命日、五月の二十八日になりますってェと、十郎祐成の恋人、虎御前は、しばらくの間、ありし日の彼を偲んで、**さめざめ**と泣いたそうですな。天も彼女の哀れな気持ちを汲みあげて、涙雨を降らせます。これがご存じの「虎が雨」。五月二十八日は、気象学的にはシンギュラリティといって、雨のよく降る特異日だということですね。シンギュラリティと虎が雨。奇しき取り合わせ、とでも申せましょうか。

遠い日、鎌倉時代の仇討ちを、ぐっと下った江戸時代後期の空も人々も、よく憶えていて、五月二十八日はしばしば雨になる。そこで、

虎が雨降って花火も流れけり

江戸両国の花火大会は、途中で中断したり、規模が小さくなったり、月日が変わったりしながらも、今の東京、隅田川畔に、なおも伝えられておりますな。

東京ばかりではなく、花火大会はあちこちでますます盛んになっておりますね。

橋のドラマ・橋のうた

日本全国各地の各都市や各市町村、大きくは、世界各国の各都市などにも、その街を代表する川があり、またその流れと川に架けられた橋には、ゆかりの物語や音楽などがありますな。

例えばフランスのパリですと、セーヌ川。「ミラボー橋」を歌ったのは、シャンソン歌手のお古いところでダミア。イギリスはロンドン、テムズ川にゆかりの歌は「ロンドン橋」。あるいは映画のオールド・ファンには懐かしい「哀愁」。これはロンドンのウォータールー・ブリッジで、俳優のロバート・テーラーとビビアン・リーとが演じた、あの出会いと別れのシーン。東京の数寄屋橋《すきやばし》では、真知子、春樹の出会い「君の名は」。これもうお古いと思ってましたところ、テレビで再演。出会いのあとはすれ違いの連続。そこで連続ドラマ。

ことほど左様に橋の名前の中には、由緒あるもの、ロマンティックなものなど、さまざまございます。

東京・銀座の数寄屋橋は、千利休の高弟であり、武将であった、織田有楽斎《おだうらくさい》が、江戸時代の初めのころ**数寄屋造り**の屋敷を構えたところ。そこから、外堀川《そとぼりがわ》に架かっていた橋が、数寄屋橋と名付けられた。織田の姓が示すように、彼は兄の信長と同ンなじように茶の湯を愛していました。初めは長益と名乗っていたのですが、有楽斎と号したんですな。

中学校の一、二年生らしき姉妹《あねいもと》。

「ねぇ、お姉さん。JRの駅の名前も、このにぎやかな所も有楽町《ゆうらくちょう》というんでしょう？」

「そうよ。有楽《ゆうらく》って、楽しみが有るということね。ほら、この辺にはビルの中で映画をやってるところもあるし、いろんなお店もあるでしょう。だから、みんなが楽しみ有りという町なので、有楽町というの。わかった？」

「うん」

どうやらこのお姉さん。妹さんに間違ったことを教《おせ》えてやったみたい。正しくは有楽町の有楽《ゆうらく》は、織田有楽斎の屋敷跡なので、その有楽《うらく》からとって、有楽町と名付けたんですね。

ま、近くに銀座があるので、楽しみ有りの有楽町の名は、ま、似合いともいうべきでしょうかな。

遠く平安時代の昔から今の東京を代表する川が隅田川であれば、大阪（坂）は難波《なにわ》の昔から淀川。そして千年の都京都は、当然、加茂（鴨）川でございます。

京都の街筋《まちすじ》は、おおむねヨコとタテとの名を合わせたもので、大そうわかりがいい。例えば三条木屋町とか四条河原町とか。加茂川やそのほかの川に架かる橋や、その辺《あた》りにちなんだこの唄、京都にお住まいの皆さんならば夙《つと》にご存じのことと思います。一条から、九条までを唄いこんだ、題しまして「一条戻橋《もどりばし》」。

〽一条《いっちょ》戻橋　二条生薬屋《きぐすりや》（お城）

三条三栖屋《みすや》（御簾屋）針　四条芝居

五条、五条の橋弁慶に　六条の本願寺に

七条の米相場に　八条たけのこ掘り

九条を通れば東寺羅生門

歌舞伎や日本音楽などでは、一条戻橋は、常盤津舞踊「戻橋」。二条城は歌舞伎で、吉田紘二朗作「二条城の清正」。お芝居、音楽とは別に、二条には当節でいうところの生薬《しょうやく》、生薬《きぐすり》の問屋の街。

三条は、東海道五十三次の終点、三条大橋で有名ですな。ざっと百九十年前、江戸時代の享和年間に、十返舎一九先生がお書きになって、一躍ベスト・セラーになったのが、弥次郎兵衛・喜多八コンビの旅の小説、『東海道中膝栗毛』。その一九先生に、長いタイム・トンネルをくぐって、三条大橋の橋の上に立っていただきました。

「いやぁ変わったなァ、京都の街は。驚いてもう言葉も出ねェくれェだよ。わしはな、十五日前の朝の七つどきに江戸の日本橋を立ってな。そりゃいろんな苦労を重ねてな。歩いてきた道のりが、ざっと百二十里と一丁。む？　何だいその四百八十キロメートルてエのは。ああ、百二十里一丁のことなのか。この三条大橋の橋の長さは、三丈どころか三十七丈あまりもあるんだぞゥ。なにい？　百一メートル？　そんなことわからねぇッてば。ふむ、安藤広重？　む、知ってるよ。あの浮世絵師だろう。あいつは東海道五十三次の絵を描いて、えらく儲けやがった。わしの本か？　いやぁ広重の絵ほどじゃねぇよ。ハッハッハッ」

今は新幹線「ひかり号」で、東京駅から京都駅まで三時間足らず。京都駅から三条大橋までで乗物でちょっとの時間。ですから、仮に東京から来ても、〝はろばろと来つるものかな〟なんて旅情はわかないんじゃあないでしょうか。でも、昔の五十三次のことを知ってる人は、一度は三条大橋を渡ってみたいと思っている。そこは、修学旅行のコースの中にも組み込まれておりますな。

ワイワイガヤガヤ。修学旅行の生徒さんたちが、東山方面へ歩いて三条大橋を渡り切った橋詰で、**いかつい**胴像を眼にしました。正座をして両肘を張り、顔を上げて、ぐっと先方へ眼指《まなざ》しを送り、真剣な表情のお侍《さむらい》さんの像。

「ようよう。このおじさん、何してるんだべか」

「ンだなァ。この橋を通る人に、ゼニコさ恵んでくんねぇかって、頼んでいるみてェでねェの」

「ンだンだ。ンだなっす」

いやはや、こういわれちゃあ、あの、いわゆる勤皇の志士、高山彦九郎さんも形《かた》なし。彼の名誉のためにも、次なる「さのさ節」をお聞き、じゃあなくて、お読み下さい。

〽人は武士　気慨は高山彦九郎　京の三条の橋の上　はるかに皇居を伏しおがみ　落つる涙は加茂の水　さのさ

えー、四条の橋の近くには、劇場の南座がありまして、歌舞伎の顔見世興行では、とりわけよく知られた小屋ですな。昔はこの近くに北座という芝居小屋もあったそうですな。南座でも、むろん「忠臣蔵」も上演されてきました。

七段目の、由良之助が、息子の力弥が持ってきた仇討ちについての密書を受け取る際に、花道の枝折戸《しおりど》前にかかる時、あたりに気を使い、**思い入れ**よろしくあって口遊《くちずさ》む小唄が、「四条の橋」。その四条の橋は、南座のつい眼と鼻の先。演じる役者はどんな想いで、その小唄をうたったことでしょうか。初代中村吉右衛門の好きな唄でした。その吉右衛門の句。

夕霧や四条を渡る楽屋入り

さて〽京の五条の橋の上……のうたい出しの歌は、旧文部省唱歌の「牛若丸」。源氏が平家に敗れて**雌伏**《しふく》の時代、鞍馬山のお寺へ預けられている牛若丸が、ある夜、女性の**被衣**《かづき》を羽織《はお》って五条の橋の上に来た。一方、比叡山の西塔《さいとう》に住む弁慶は、太刀の蒐集《しゅうしゅう》に凝っていた。今夜、誰かの太刀を奪えば、念願の千本になる。そして彼も五条の橋の上まで来た。

こうして牛若丸と弁慶とは、チャンチャンバラバラと相成った。そして〽鬼の弁慶あやまった、の歌のとおり、弁慶は牛若丸、のちの源九郎義経の家来になる。そして比叡山の西塔から出奔《しゅっぽん》。

西塔をあたけちらしてふいと出る

えー、五条の橋近くに、牛若丸と弁慶の、可愛い像が立っていることは、修学旅行の皆さんも、多分ご存じのことでしょう。が、長唄の「五条橋」や謡曲「橋弁慶」などは、ほとんどの生徒さんが、ご存じないと思います。

私も六条には、西と東の本願寺さまのあることは知っていますが、七条が以前、米相場の場所とは知りませんでしたし、ましてや八条のたけのこ掘りなどはむろんのこと。しかし九条東寺の五重塔は、大阪方面から東海道在来線で来ますってェと、まず眼に入って懐かしい。「ああ京都だな」と、ほっとしたものです。

東寺ができた当時は、九条西寺もあったそうですな。六条東西の本願寺や四条の南北の芝居小屋、そして九条の東西のお寺などと、京都という街は、建築物にも平衡感覚のセンスの良さをもっていたところといえそうですね。ところで昨今は、いかがでありましょうか。

平安京の正門、つまり京の都の南の入口にあったのが、九条の羅城門《らじようもん》（羅生門）ですな。この門から朱雀大路《すざくおおじ》が伸びて、御殿まで続いておりました。平安京の遷都が延暦十三年（七九四）と記録されてますから、ざっと千二百年前のこと。御殿は二階建ての見事な朱塗り。

しかし、災害や戦乱などで都が荒れて、再建されたものの、羅生門の楼上には鬼が棲むようになった。鬼といっても本当は、堕落してしまって、フツーの人間生活ができなくなったニンゲン。

ただ腕力だけは**滅法**強い。髪はボサボサで伸び放題。体は垢だらけでテラテラに光ってる。そこで昔の人々は、そういった人類（?）を鬼神として恐れおののいていたんですな。実は盗賊なんですが、盗賊のほうもそこは心得ていて、鬼だと見せかけて人々を脅かし、物やお金なんかを奪い取っていたんでしょう。

その鬼、実は盗賊を討ちとったのが、渡辺綱《わたなべのつな》という武将。綱は、一条戻り橋でも鬼を討ちとってますな。そこで、

忙しや一条九条と綱わたり

その辺《へん》のいきさつは、長唄や小唄、端唄などの、日本音楽にも仕組まれています。今は九条のあの辺り、大昔の面影をとどめるものは何一つとしてなく、ただ「羅生門遺址」と刻まれた碑《いしぶみ》が、ポツンと残っているだけ。その近くで可愛い子供さんたちが、時々鬼ごっこをして遊んでいる、ということでございます。

夕月や朱雀の鬼神絶えて出ず

川床涼し加茂の夏

えー、夏の川風は、クーラーにはない味と匂いとをもっていますね。京都の加茂川の夕涼みでも、とりわけよく知られておりますのが、川の流れの方向に近く、張り出して

作った川床《かわゆか》。単に床《ゆか》ともいっておりますね。床《とこ》と呼ぶと、酩酊した人が、つい寝っころがってしまいそう。

お茶屋さんの玄関から入り、座敷を通されて川床へ。へエ、涼しい風が吹いてきて、ええ気持ちどす。なんでも江戸時代の後期、四条河原を中心にしまして、上《かみ》は三条大橋から、下《しも》は松原辺りまで、陰暦六月七日の夜から十八日までの十二日間、料亭などが、加茂川の河原に**桟敷**《さじき》や**床几**《しょうぎ》などをこしらえて、夕涼みのお客さんたちに楽しんでもらっておりました。これがそもそもの川床のはじまりだということですね。で、

涼み床下《ゆかした》は川波上《かわなみうえ》は酒

と、こうなるわけでございます。ただ夕涼みだけに川床に来たんじゃない。食べるべきものはいただくし、呑むべきものも、ちゃーんといただく。ね、そうしないと、川床を設定した料亭だって困っちまう。加茂の床に鴨《かも》が入ってこないと、ねぎらうことができない。いやいや鴨料理にはまだ早すぎる。

ま、そんなことはどうでもよろし。えー、『南総里見八犬伝』という長編小説を書いた江戸時代後期の作家、滝沢馬琴先生（一七六七〜一八四八）いわく。「京に良きもの三つ。女子《じょし》、加茂川の水、寺社《じしゃ》」。

まずお寺かお宮に詣でてから、川床で加茂川の川風に吹かれながら、美しい二人舞妓

はんのお酌でチッと一杯、なんてェのはいかがでしょう。いえ、馬琴先生がご存命だった江戸時代後期じゃなくて、二十一世紀になんなんとする当節だって、京の良きものの三つに触れることは十分可能です。ただし、ふところに持つべきものを持っていなくちゃダメ。

舞妓はんは、京都を観せる一つの顔、といっちゃ失礼ですが、ものの本によりますってェと、何と、江戸深川が本家なんだそうですな。江戸深川の花柳界の芸者さんと、半《はん》玉《ぎよく》さんをヒントにして、京都の祇園に芸妓はんと舞妓はんが生まれた、とまあこんな話なんですがね。「そんな話、嘘に決まっとりますがな」「さいでござんすか」。

えー、その舞妓はんの一人に、川床で初めて会ったさる東京の人。次の機会にまたまた会いたくなって、図々しくも、またどうですかと**さぐり**を入れる。すると舞妓はんの反応あって「おーきに」。二人のうち、幸い一人がたまたま席を外していた。こりゃ**脈がありそう**だと、なおも話を具体化させようとする。が、その先は一向に進みそうにもない。そのうち席を外していた一人が戻ってきた。それで、デートの話は**有耶無耶**《うやむや》、むにゃむにゃ。

後日その男。川床で舞妓はんを誘おうとした一件を、京都在住の親しい友達へ話をしたんですな。

「だって彼女、たしかに俺に返事をしたぞ。〝おーきに〟って」

「それはなァ、誘うてくれはったことに対して〝おーきに〟というたんや。デートをOKしたわけやあらへん」

江戸時代後期からの江戸・東京の花柳界では、「仇《あだ》」とか「粋《いき》」とかが売り物ですな。これに対して上方の色町《いろまち》では、「こうと」や「はんなり」などを尊《たっと》ぶそうですな。と申し上げても、手前どもがその辺《へん》のところを、微《び》に入り細《さい》にわたって、体験的研究をしたわけじゃあない。どこからどこまでが「はんなり」なのかがわからない。

よく「東男《あずまおとこ》に京女《きょうおんな》」といわれてきましたが、この言葉も、東男、京女、という評価の基準がわからない。両者混交してる面も無きにしもあらず。

いやはや、こむずかしい話をしている間に、冷えたビールがぬるくなっちまった。改めて「下は川波上は酒」といきますか。

盆にまたもや里帰り

七月十三日から十六日までのお盆にくらべて、ひと月おくれのお盆は、ぐっと凌ぎやすくなる。子供さんたちは夏休み。お父さんも勤めを四、五日休んで、家族揃っての里帰り。年末年始と同様、道路は車、車の列。列車の中もすし詰め状態。それでもふる里へは帰りたい。田舎には、まだ緑がたくさん残っている。厚い人情も残っている。

夏だけに、子供さんたちは外で遊べる。農薬をあまり使わなくなっているので、昆虫が町や村に戻ってきた。網を持ってトンボつりへ出かける子供さんたちの姿に親御さんたちは、自分たちの子供時代の夏のひと刻《とき》をダブらせる。懐かしい。

おばあちゃんは、お孫さんたちが可愛くってしょうがない。お孫さんたちの一年間の暮らしぶりを、根掘り葉掘り訊きたがる。田舎だから野菜はたっぷりあるというのに、何故に根掘り葉掘りのご質問。根掘りはわかるとしても、葉掘りとはこれ如何に。

「ね、七夕は雨降らなかったかい?」

「降っちゃった。おばあちゃんのところは?」

「やっぱり降っちゃったよ。あ、そうそう蛍は見に行ったかい?」

「うん、近くの川がきれいになって、また蛍が出てきたんだよ。お姉ちゃんと一緒に見に行ったんだ」

「そうかい、そうかい。そりゃ良かった」

「おばあちゃん」

「なんだね」

「お姉ちゃんがいってたけど、ピカーッ、ピカーッって光るのは、オスの蛍だって」

「ほう、よーく勉強してるねぇ」

「それでねぇ。ピカーッ、ピカーッって光って、メスを呼ぶんだって。ねぇおばあちゃん、どうしてメスを呼ぶの？」

　おばあちゃん、もう顔を赤らめるお歳ではないんでありますが、合わなくなってきた入れ歯を、ただモグモグさせて、返事なし。

　そこへタイミング良く、おじいちゃんが、大きな西瓜を抱えて戻ってきた。

「これ、うちの畑で採ってきた西瓜だよ。井戸の中にずっと入れといたから、冷たくてうまいぞウ。さあ、みんなして食べよう」

　こんなことも、ふる里が田舎にあればこそのことでしょうな。

　　孫の手に触《ふ》れさせてみる西瓜かな

　秋田県の南西部、日本海に面した象潟《きさかた》地方では、お盆の入りに、子供たちが手に手に灯《あか》りをともした提灯を持って、三々五々海岸に集まる。その提灯を片手で高く掲《かか》げ、海へ向かってのコーラス。

　〽じいな　ばんばあな
　　この火のあかりで

来とうんね　来とうんね
ささやかでも、ローカル色あふれた、美しくもまた、優しい行事ですね。そして、十六日の送り火にも、同じような行事。ただ歌の文句が、送り火に合うものになる。
〽じいな　ばんばあな
この火のあかりで
行っとうんね　行っとうんね
お盆の送り火といえば、そのスケールの大きさで、京都、大文字の送り火が有名ですね。八月十六日の夜、午後八時。市中のネオンや広告灯などが消されまして、東山の「大」という字を点火する。ほかの四つの山にも、それぞれ「妙法」の二字、「船形」「左大文字」、それに「鳥居形」にも点火される。五つの山に点火されるので、五山の送り火、ともいわれておりますな。
もともと、そして今も宗教行事なんですが、観光行事の一つともなり、大勢の皆さんが、その幻のような送り火に、しばし**陶酔**《とうすい》止まざりき。
大文字《だいもじ》や近江《おうみ》の空もただならね　蕪村
年々歳々、京都にも高層建築物や住宅が増えてきて、送り火も、以前にくらべますってェと、見にくくなってきた。とは、京都在住のお年寄りのお話。そのお話を聞いた時、ふっと想い浮かんだのが、秋田県の象潟地方の、素朴で簡素な、美しい迎え火、送り火でありました。

踊り踊るならば

盆踊りは、もともと、お盆に迎えたご先祖さまや、今は亡き肉親などのみ魂《たま》を供養し、その面影とともに踊って、またあの世へ送り出す、そんなことから生まれたものだと伝えられておりますな。

そりゃそうでしょう。姿かたちなきお方（?）を、**三途《さんず》の川**を通して迎え、送り届けるのですから、太鼓や鉦なんかを打ち鳴らし、笛を吹き、唄でもうたって陰気さをふっとばし、できるだけ派手にしたほうがいい。

迷うことなく**成仏**願ったお方とはいっても、いわば面影の変形ですから、たとえ肉親であろうと、いささか薄気味悪く感じられないこともない。と、思う人だっている。

あるお盆の夜、線香の煙がゆらゆら立ちこめる中から、ふらふら現れ出たその面影の像《かたち》。

「おお懐しや、私はそなたの母なるぞ。憶えていやるか、この姿。もそっと近う、寄りてたもれよ、のォう……」

生前、ご尊敬申し上げ、孝養の限りを尽したおん母上さま。で、娘さん、その面影のほうへ小走りに走り寄っていき、

「ああ母者《ははじゃ》ひと。三途の川で、お怪我《けが》はなさりませなんだか。閻魔大王から、いやらしく言い寄られるようなことは、ありゃせなんだか」

と、仏壇の前で幻の母親と、現実の娘さんとが、再会した喜びのあまり、**ひしとばかり**抱き合って、涙にむせび合うの一幕。なんてェことは、お芝居の世界ではあるにしても、現実では、あんまり聞いたことがありませんなァ。

そこでにぎやかな盆踊り。この踊りは、平安時代の初めのころのエライお坊さん、空《くう》也《や》上人（九〇三〜九七二）や、一遍《いっぺん》上人（一二三九〜八九）が広めたといわれる、念仏踊《ねんぶつおど》りをもって、その嚆矢《こうし》となす、とあるようで。一遍上人が勧《すす》めたので、この念仏踊りは、いっぺんに全国各地へ広まった。

歌舞伎の元祖、かの「阿国《おくに》歌舞伎」も、もとはといえば、この念仏踊りがその芸の始まりだといわれておりますな。

盆踊りのルーツを溯《さかのぼ》れば、起源は古く、踊りは世につれ、踊るにつれ、各地方でそれぞれ姿かたちを変えた盆踊りが生まれてきたというわけでございます。

小説家でもあり、文芸評論家でもあった、ラフカディオ・ハーン（一八五〇〜一九〇四）、のちに日本女性と結婚した、小泉八雲《こいずみやくも》。彼は明治二十三年に初めて日本に来て、当時の島根県立旧制松江中学校で教鞭《きょうべん》をとるようになる。ある時彼、八雲は、山越えした山陰地方の農村で、盆踊りを初めて眼にしたんですな。彼はその素朴で美しい踊りに、「オウ、ワンダフル、ビューティフル」を何度も口にし、深い感銘を受けた様子だった、と伝えられております。

もうそのころには、亡き人とともに踊るという宗教的な色彩は薄れていて、人々はただひたすら、無心に踊るという境地に入っていたのでしょう。その踊る人たちのエクスタシーが、見る人をまた陶然とさせたのは当然ともいえますかな。小泉八雲もまた、一人の人間として、陶然とした心持ちになったのかも知れません。

匂い来る早稲《わせ》の中より踊かな　　言水

もう一句、

踊子よあすは畠の草抜かん　　去来

村々の盆踊りには、農家の人々、漁師さんたちばかりではなく、さまざまなお仕事の皆さんが参加する。

踊りにも手を上げ過ぎる鍛冶《かじ》の癖《くせ》

ふだんから鉄を槌《つち》で打っている、村の鍛冶屋さん。つい身振りも鍛冶場よろしく**大仰**《おおぎょう》になる。

えー、日中は残暑が続いておりますものの、夕方からは秋風が立ち初《そ》めるある日。朝から浴衣やら帯やらを出して、表にしたり、裏にしたりしてソワソワしている可愛い乙女《おとめ》。

「ね、お父っつぁん、今夜、盆踊りへ行ってもいいでしょう？」

「そうだったな。今夜は盆踊りだよなァ。お父っつぁんは生憎《あいにく》**夜業**《よなべ》で、手が放せねェ」

「ああ、良かった」

「何だとォ？」

「ううん。何でもないの！」

「で、まさかお前一人で行くわけじゃねェだろうな」

「大丈夫！　お隣りのお姉さんと一緒だから」

「む、そうか。だけど隣りの娘もそろそろ色気づいてきたし、あぶなっかしい年ごろだからなァ、むーん」

「それ、何のこと？　お父っつぁん」

「うん？　いやなに、お前にもだんだんにわかってくるってェことさ。よーし、わかった。盆踊りへ行ってもいいぞ。だけどなァ、日の暮れねェうちに、きっと帰ってくるんだぞ。日の暮れねェうちにな」

うかと出て家路に遠き踊りかな　召波

ひところまでの、漁村、農村の盆踊りは、一つの社交の場であったようで。そこから、決めた、か、決められてしまったか、どちらにしても、特定の相手の男性から誘われた娘さん。うす灯りの中でぽーと顔を赤らめ、

恋の味袂《たもと》をかんで娘知り

当節はもう袂をかまなくったっていい。何故ならば、盆踊りへ行く前には、もう、ちゃーんと出来ているってェことも、十分に考えられますからな。

盆踊り唄は、楽器や唄などを演奏する櫓《やぐら》舞台を中心にして踊る輪踊《わおど》りの場合、唄は七七七五調や、物語を唄に詠み込んだ**口説唄**《くどきうた》など、これも地方によって多種多様。ま、主に広い意味での民謡の中から選ばれていますね。今でも、古風な念仏踊りの系統を受け継ぐところも残っておりますな。

一方、当節流行の歌謡曲に踊りの振りをつけたもの、エレキギターなんかを奏でて踊りまくるところもありまして、これにはご先祖さまも、さぞびっくりなさって、出るに

出にくいってェこともあるでしょうな。

美しく、素朴な盆踊りを見てますってェと、その踊りの美しさ、素朴さに魅せられて、ついつい自分もその輪の中、列の中に入ってしまいたい気分になってまいりますな。

盆踊りのロングランで有名なのは、岐阜県、郡上八幡町《ぐじょうはちまんちょう》の「郡上踊り」。延々とふた月近く夜な夜な踊り、とりわけ八月のお盆の四日間は、**夜っぴて**踊り続けますから、そりゃストレスの解消にはもってこい。

この「郡上踊り」は、郡上八幡城のお殿さまが、武士と城下に住む皆さんとの気持ちが溶けあうようにと、奨励したのが始まりだということですな。当節では、郡上八幡町の町の皆さんと、あちこちから踊りに来る皆さんとの気持ちも溶け合って、今や観光の踊りとしても知られておりますね。

このほかに、「羽後《うご》・西馬音内《にしもない》」の盆踊りも、美しい踊りです。旧盆の八月十六日から三日間、秋田県の南部、羽後町《うごまち》、西馬音内地区で行われる踊りですな。

陽が西に傾き、**宵闇**が迫ってきたころ、西馬音内のメイン・ストリートの各所に、篝火がともされます。そして、櫓から打ち鳴らされるのは寄せ太鼓。すると、鉢巻を頭の左で結んだ浴衣姿の女の子、男の子たちが家々から出てきて、まず、子供さんたちの踊りが始まるんですな。

陽がとっぷりと暮れ、夜が深まってきますってェと、子供さんたちの姿はいつしか消えて、代わって、粋な絞り染めの浴衣や、あでやかな**端縫い**《はぬ》の着物に身を包んだ、娘さん、主婦の皆さんの登場。中には、眼の穴だけをあけた黒い布——彦三頭巾に、鉢巻、大胆なデザインの着物をまとった女性の皆さんも交じって踊る。これは、亡霊を象徴しているんだそうですね。

顔を隠すようにして深くかむった編笠の後姿の、白く浮き出た項《うなじ》、襟足のさらでだに**艶冶**《えんや》なこと。しなやかな指の使い。楚々《そそ》たる足の運び……。とまあ、これも見る人をして、それぞれ思いおもいの幻の世界へと運んでくれる。

伝統の美しさとは、かくなるものかと、思わず「ふーむ」と、溜息をつく盆踊りなんですね。ぜいたくさを規制されていた封建の世の名残り、というよりも、貧《ひん》なるが故に、そこから工夫して美しさを創り出した、と考えられる端縫いの着物。端切れの布の縫い合わせが、かえって艶やかさを出すという数百年前からの創意工夫に、ただただ驚くばかり。

されぱこそ、この「羽後・西馬音内」の盆踊りは、昭和五十六年に、国の重要無形文化財に指定されているわけです。

洗練された潤《うるお》いと、素朴さのもつたくましさと、この両方を兼ね備えているというのも、やはり伝統のもつ力なんでしょうか。太鼓の音がまだ遠く聞こえてくるみちのくの宿《やど》の小部屋で、なおも幻の踊りの面影を追う、寝《い》ねられぬ夜の旅枕……。

えー、同ンなじ盆という名の踊りでも、一風《いっぷう》変わっているのが、越中八尾《やつお》、今の富山県の南部、八尾町《やつおまち》で、毎年九月一日から三日間行われております「風《かぜ》の盆《ぼん》」ですな。その三日間てェものは、町の皆さんが、思いおもいの踊りの衣裳をつけまして、編笠や手拭をかむり、三味線や笛、太鼓、それに胡弓《こきゅう》などの伴奏で、ゆっくりと踊ります。特に胡弓が奏でられてうたう「越中おわら節」に、一種の哀愁がこめられていて、これも旅人の心を強く惹きつける行事の一つでございます。

この「風の盆」は、ご先祖、亡き肉親のみ魂祭りとは、由来や中味が違っておりまして、その年々の農作物が、強い風、強い雨で、被害がないように、豊かな稔りを祈る行事なんですね。

さて、下界の「風の盆」の行事を、雲の上から、虎の皮の下帯をつけて、強い風を吹かせ、激しい雨を降らせるさまざまな楽器を手にした、大勢の鬼どもが、じっと見下ろしていました。そのうち、二人が話し出したじゃあありませんか。

「ねぇ兄貴ィ。そんなに見とれてねぇで、ここらで、ザァーッと、ひと降りやらかそうじゃありませんか。今日は、立春から数えて二百十日目でしょう？」

「うん。運悪く、今年も今日《きょう》び、八尾の上に来ちまったなァ。周りの雲が詰まっていて、動きがとれねぇ。下を見てみろよ。ああして綺麗な踊りを眺めてるッてェと、どうしても、雨を降らす気にはなれねぇよ」

「鬼が仏ごころを出しゃ、商売になりませんよ。でも、そういえば、ほかの雲の上にいる連中も、騒ぎ立てをしてませんなァ」

「おいおい、あそこに、綺麗な人がいるぞ」

「編笠をかむってて、上からそれとよくわかりますね」

「襟足と素足の白さから判断できるんだ」

「おっとっとっと、兄貴ィ。あんまり見とれてますと、雲の上から落っこちますよ」

「心配するねぇ。おいらは久米の仙人とは、わけが違うんだ。あの、雲絶間姫のような女に、誘惑されるようなことはねぇよ」

「じゃあ、今年も大雨強風は中止ですかい」

「うん、そうしよう。ほかの雲の仲間にも、そう伝えろ。な」

「ちエッ。兄貴は人間さまに、まったく甘いんだから。これじゃあ、またまた、おいらの商売は上がったりだよ。まったく」

かくして、二百十日、二百二十日も事なくすみ、越中八尾地方のみならず、全国各地に、程良い雨、程良い風の、五風十雨《ごふうじゅうう》があって、穏やかで豊かな稔りの秋を迎えたいものですね。

二百十日《ひ》も尋常《じんじょう》の夕べかな　　蕪村

秋

秋やはものを思わする

天高く酒《さか》ほがい

天高く、といえば、その下に続く文句は、ふつう、馬肥ゆる秋、と相成りますな。あえて「天高く酒ほがい」と申しましたのは、秋の空が晴れ渡って大気が澄み切ってきますてェと、お酒の味がとりわけ美味《うま》くなる。お酒好き同士が道で、ばったり出会ったりすれば、

「やぁ、お酒が美味いころになりましたなァ」

「ご同様、結構なことで」

とかなんとか、挨拶を交わすこともあるようで。いえ、なに、お酒の好きな人たちでしたら、秋になろうがなるまいが、大気が澄もうが澄むまいが、そんなことはどうだっていい。四季を問わずの酒ほがい。いつでも大なり小なりの宴《うたげ》を開いて、祝っておりま

すな。
酒宴といったって、必ずしも大勢が車座にならなくったっていい。テーブルを囲まなくったっていい。差し向かいでも酒の宴。一人でも、風景が、あるいは花が、あるいは己《おの》れの心が相手の、酒ほがいだってェこともあり得る。
歌人の若山牧水も、旅とお酒とが大好きでした。彼にも四季折々の、酒の歌がありますな。ということは、季節を問わずに、召しあがっていた。ご存じ、有名な歌として、
秋には、
　白玉《しらたま》の歯にしみとおる秋の夜の
　　酒は静かに呑むべかりけり
冬の酒の歌に、
　さびしさのとけてながれてさかづきの
　　酒となるころふりいでし雪
春の酒を詠んでは、
　船なりき春の夜なりき瀬戸《せと》なりき
　　旅の女と酌《く》みし杯《さかずき》
そして夏の酒の歌、

考えて呑み始めたる一合の
　二合の酒の夏の夕ぐれ

ま、この若山牧水の歌のように、お酒を詠んだり吟じたり、あるいはうたいあげたりの詩歌は、古今東西、それこそ**枚挙《まいきょ》に遑《いとま》**がありません。

中国大陸で、唐の国が一番栄えた時期、盛唐と呼ばれたころの詩人の一人、杜甫は、「登高《とうこう》」（高きに登りて）という七言律詩《しちごんりつし》を作っています。中国では毎年旧暦の九月九日、重陽《ちょうよう》の佳節には、近くにある小高い山の上に登って、酒ほがいを開く習慣があったそうですな。

旧暦の九月九日といえば、今の暦では十月上旬か中旬にあたるころでしょうか。秋晴れで大気が澄む日が多い。そこで杜甫も、近くの山の上に登って、一篇の詩をものにした。この詩が「登高」。八行あるその詩の、おしまいの二行にこそ、杜甫のその時の気持ちがよくこめられているんだそうですな。

艱難苦恨繁霜鬢　艱難《かんなん》　苦《はなは》だ恨《くるし》む繁霜《はんそう》の鬢《びん》
潦倒新停濁酒盃　潦倒《ろうとう》　新《あら》たに停《とど》む濁酒《だくしゅ》の盃《はい》

私は不遇な旅人だ。私の身の上にあるのは病《やまい》と孤独だけ。私の一生は艱難の連続。それで髪も霜のように白くなってしまった。つい潦倒（投げやり）に似た気持ちになりがちだ。それを紛らすために、濁り酒を呑みたい。だが病のために、ドクター・ストップがかけられている……。

とまあ、こういった意味のこの二行なんだそうですな。

お酒が決して嫌いではなかった杜甫が、しかも九月九日の重陽の節句に潦倒新に停む濁酒の盃、と述べたんですから、その気持ちたるや、さぞ辛かったでしょうな。

手前どもでしたら、ドクター・ストップも何のその、投げやりの気持ちになろうがなるまいが、新に停む、ではなくて、新に進む濁酒の盃、となりかねませんですな。はい。

詩聖といわれた杜甫と同じ時代の、八世紀の初め、やはり盛唐の詩仙と呼ばれた李白は、ご存じのとおり、根っからのお酒好き。「李白一斗詩百篇」、つまり、李白がお酒を一斗呑む間に、百篇の詩を次々に作った、というわけですな。まさしく、斗酒なお辞せず、の李白さん。

もっとも、一斗とはいっても、昔の中国の一斗は、現在の日本での量にすれば約一・九四リットル。日本の一升瓶が一・八リットルですから、おおよその想像がつこうというものでございます。われらが酒豪をして言わしむれば、

「ふん、そうかい。ま、たいした量じゃねぇや」

と豪語して憚《はばか》らないのかも。

杜甫や李白に後れること、およそ百年、晩唐の詩人杜牧《とぼく》は、「江南春《こうなんのはる》」と題した詩の初めに、「千里《せんり》鶯啼《な》いて緑《みどり》紅《くれない》に映ず」と、ここでも広々とした眺めを、千里とオーバーに表現しています。

そのあとのくだりがいい。「水村山郭酒旗風《すいそんさんかくしゅきのかぜ》」。えー、中国にもまだ残っていますが、水辺《みずべ》や山あいの村や町などにある酒売る家、酒呑ます家には、目印として旗が立っています。で、水村山郭酒旗風。あー、このひとくだりを読みますってェと、長江（揚子江）の南の春景色。そしてその中の呑み屋さんを思い出して、ついゴクリと咽喉《のど》を鳴らす人がいるんでしょうなァ。

笹の露

日本音楽の箏曲の一つにあるのが「笹の露」。その唄の文句のおしまいあたりに、〽……劉伯倫《りゅうはくりん》や李太白《りたいはく》（李白）、酒を呑まねばただの人。吉野・竜田の花紅葉《はなもみじ》、酒がなければただのとこ……とあります。劉伯倫も李白と同ンなじように、中国歴史上の代表的な酒豪の詩人なんだそうですな。

ご存じ、吉野山は桜の、また竜田川は紅葉の名所として知られておりますな。その名所でさえも、素白《しらふ》で眺めりゃ、そんじょそこらにある桜と紅葉と変わりがない。それほど、この「笹の露」の唄の文句は、お酒とお酒呑みの人たちを讃えて（？）いるというわけです。箏曲「笹の露」の別の呼び名が、「酒」であるのももっともですな。

お酒を古い言葉でささとも呼んでいた。もともと竹の葉っぱから出た言葉でして、このささを呑むことを、ささをたべる、と言っていた。あの太郎冠者の出てくる狂言の言葉にも、例えば、「ささをおたびゃれ（ささをおたべあれ）」といったようなくだりもありますね。笹を食べる、と聞きますってェと、何だか山ン中に棲む熊を想像しますな。

笹は大きく育って竹林《ちくりん》となる。その竹林の王者といえば、熊じゃなくて、なんてったって虎ですね。で、ささ（酒）と竹林、虎と関連づけて、お酒に酔ったあげく、世間さまにご迷惑をかけるかも知れない人を、トラというようになった。その甚だしき所業の酔っぱらいが大《おお》トラ。ちょっと話が出来すぎてますかな。

えー、当節は若い、いえ若くなくったっていいんですが、女性にもお酒を嗜《たしな》む皆さんが多くなってきた。結構なことですな。ま、嗜んでいるうちはいいんですが、すっかり出来あがっちまう女性の方も、中にはおいでになる。そういった女性を、メトラと呼んでいるんだそうですな。たとえメトラになったとしても、ですよ。狂暴性を発揮しなけりゃ、時に色っぽく感じることだって、無きにしもあらず。

酔いやしたなどと眼元をとろつかせ

昔もこういった女性はいたんですね。

ところで、笹の露を含み過ぎて、はしご酒が過ぎて、はや時刻は寅《とら》の刻。今の時間でいえば、午前三時から五時あたり。寅の刻にご帰館と相成るので、トラというようになった、なんてェ話もあるようで。

さて、九月九日の重陽の佳節に「登高」しての酒ほがい。それはいいとしても、酩酊してしまって、下りの山道を、降りるに降りられない。てなことは、昔、なかったんでしょうか!?

酒避けられぬ

ビールは僕らを楽します
僕らの本は塵《ごみ》だらけ
偉くするのはビールだけ
ビールは僕らを楽します
本は僕らを苦します

この詩を作ったのは、一体誰だと思いますか？　あのゲーテなんです。「ギョッ！」。
ギョエテとは俺のことかとゲーテ言い
ゲーテをギョエテ、と訳した人もおりました。ま、それはさておき、堅物《かたぶつ》の権化とも思われている、ドイツの世界的詩人かつ小説家であり、劇作家でもあった、あのゲーテさんが、ビールを讃美し、本を積んどく（読）してたなんてェことは、ちょいと信じられませんですな。
西洋の詩人ゲーテのビール礼讃に対して、東洋は中国、千武陵の、お酒と人生の詩「勧酒」。これに、やはりお酒がお好きの作家、井伏鱒二先生の名訳。
勧君金屈巵　コノサカヅキヲ受ケテクレ
満酌不須辞　ドウゾナミナミツガシテオクレ
花発多風雨　ハナニアラシノタトヘモアルゾ
人生足別離　「サヨナラ」ダケガ人生ダ
その井伏先生、執筆を終え、お風呂からあがったあと、
「どうなさるんですか」
と訊いた人への、先生の御返事。
「きまってるじゃないか」

今は亡き、日本画の大家、横山大観先生もお酒が大好きでした。六十歳ごろから、ごはんをほとんどお口にしませんで、九十歳で亡くなられるまで、お口にしたのは、ごく少量の限られた肴と、大量のお酒。諸々《もろもろ》のタンパク質や脂肪分、それに炭水化物なんかをお採りにならないで、よくもまあ、肝機能障害を起こさなかったもんですなァ。大観画伯が好んで求めた画題は、富士山。これぞまさしく、天高く酒ほがい。

月見る月は多けれど

配所の月

「お父さん、きれーなお月さんだねぇ」

今日は仕事が休みてんで、もう**宵の口**から、月見酒とばかり、コップでグイグイやっていたお父ッつあん。もうすっかり出来あがっちまって、お月さんが、いくつにも見えてきた。

「坊や、お月さん、いくつに見えるゥ？」

「いくつって、一つに決まってるじゃないか」

「十三、七つだ。まだ歳ゃ若いだ。俺もまだまだ若いんだゾゥ」

申し上げるまでもなく、十三、七つとは、十三夜の、七つどきのお月さんのことですね。午後四時ごろでしょうか。十五夜前ですから、まだ歳ゃ若い。お父っつあん、すっかりいーい心持ち。

秋の名月を名月として讃えるには、それなりの理由がありますな。秋の夜は大気が澄んでいて、お月さんがよく見える。下界には、夜目にも月の光でそれとわかる秋の七草。そして叢《くさむら》に集《すだ》く虫の声。と、良い舞台装置が整っています。それで、ほかの季節よりも、もっと美しく見える秋の月。

花は盛りを、月は隈なきをのみ見るものかは。

秋の名月は、仲秋名月だけが美しいわけではありません。上弦、下弦の月や、十三夜などのお月さんだって美しい。月を眺める時の気持ちが穏やかであれば、月見はなおも楽しくなってくる。

ところが、我が意とするところに反して、配所で眺める月は、名月であればあるほど、その人の眼には哀しくも映る。心には切ない想いが宿る。

配所とは、ご存じのとおり、罪を負うた人たち、罪人にさせられた人たちが、中央、例えばその時の都から、遠くに送られている場所、とでもいいましょうか。配所における人物像は、これも古今東西、時代もまたさまざま。その場所も辺鄙《へんぴ》なところ、山の奥、遠い島など、これもまた、いろいろです。

本当に罪を犯した人、無理に罪人にさせられちまった人、この日本の昔では、**やんご**

となき方たちや、ごくふつうに暮らしている**市井**の人たちなど、これも老若男女、いろんな人物がおりました。

小説『源氏物語』の主人公、かの光源氏さんも、故《ゆえ》あって光を失い、一時期、須磨で配所の月を眺めることとは相成った。のちの世、『源氏物語』をかみくだいて読んでもらっている二人、「須磨の巻」あたりにきて、

「え!?　源氏はんが流されはった?　加茂川で、水遊びィし過ぎはったんとちがうか?」

「いや、それが須磨の浦やて」

「ンなら海で遊んどったんやろか。そやけど、大水も大風もあらへんのに、何で流されはったんやろなァ」

須磨の浦といえば、同ンなじ所に、かの在原業平の兄《あに》さん、行平さんも、やはり一時期、配所の**憂《う》き身《み》をやつし**ておりましたなァ。彼も政治上か、女性関係かは存じませねど、とにかく須磨の浦に来《こ》ざるを得なかった。しかし彼の憂き身を慰めてくれたのは、海の上にかかるお月さんばかりではなくて、松風、村雨という姉妹の海女。彼、行平さんは、姉妹と、日を変え時を変えて、**ねんごろ**になった。

今日は風　明日雨を考える

気象を観測している皆さんじゃあありません。行平自身の心境です。

「あーあ、昔の人のこととはいえ、羨ましい限りだなァ」なんて、思っちゃあいけませんですゾ。須磨の浦で涙を流したのは、行平自身じゃあなくて、彼が都へ帰ったあと、彼を偲んだ、村雨、松風の海女姉妹じゃあなかったでしょうか、ねえ。行平の須磨暮しは本当の話でも、村雨、松風とのいきさつは、あくまでフィクション。日本古典芸能の一つ、「松風物《まつかぜもの》」のあれこれに、コッテリととり入れられていますことは、ご存じのとおりでございます。

配所は、遠流《おんる》の地、ともいわれました。遠い遠い昔は、道路が整備されてませんでしたし、むろん当節のように、ハイウェイも車もなし。飛行機もなし。罪人を当地へ送る係の人たちだって、その長旅の困苦に閉口したんじゃあないでしょうか。送られた人は、そこに滞まる。送り届けた人たちは、出発点に戻らなければならない。ことの経過、乃《な》至《い》、**顚末**《てんまつ》を上司に報告しなければ、一件落着とは言い難い。罪人を送り、引き返す下役の係の人たちこそ、ご難儀であったと思われますな。

当節でも時々耳にする、左遷、という言葉。他人事であっても、あんまりいい心持ちはいたしませんですな。ましてや、左遷された当の人の気持ちは、如何ばかりでしょうか。

左遷とはその言葉のとおり、右から左へ遷《うつ》す。根拠のほどはわかりませんが、昔、中国の役所では、地位が左よりも右の方が高いというしきたりがあったそうですな。で、右から左へ遷す、ということで左遷。

ところが左が右を落とした例が、平安時代にありました。右大臣、菅原道真が、左大臣、藤原時平《ときひら》の策謀で、その職を追われ、京の都からはろばろ、九州は筑紫《つくし》の国、大宰府の権師《ごんのそち》へと追い落とされた。

菅原道真は、もともと学者であって政治家ではない。それが右大臣という、政治の世界の高い地位に昇りつめた。だが、彼は学者出身だけに、派閥がない。片や左大臣の藤原時平は、今をときめく藤原一門という大派閥の出身。**後ろ楯**《うしろだて》のない道真は、時平に、とても**太刀打ち**《たちうち》はできません。その結果が**都落ち**。

筑紫の道真は、配所の月を眺めて、都に想いを馳せては涙を流し、詩を作っては自らの心を慰めていた。それでも、都にいる藤原時平の横暴ぶりを伝え聞くと、日ごろの穏やかな顔はたちまちすさまじい**形相**《ぎようそう》となり、都の方を、はったと睨んだこともあったそうですな。

道真が筑紫へ左遷されたのが、平安時代の延喜元年（九〇一）。この道真にちなんだ物語や伝説などは、後の世に「天神様一代記」となって、大勢の人たちの間に広まり、またまたその後の世にも語り伝えられてまいりました。

えー、私たち日本人は、と、あえて日本人はと申し上げますが、そんなに悪いことをしてないのに、不運とか不遇とかのまま、その一生を終えてしまった歴史上の人物やどちらかといえば弱い立場に置かれている人やグループなんかに、つい同情したり、声援を送ったりしてきました。その心情を、古くから、**判官《ほうがん》びいき**、といってきましたね。

昔のお役所の制度は、やはり古い中国の制度を見習って作りました。今もその呼び名に省や府、そしてそのランキング、つまり位に、大臣や長官、次官などの名前が残っておりますな。

道真は、太政官の長官である太政大臣を助ける役目の右大臣。義経は、検非違使庁《けびいしちょう》の、長官、次官の次の、三番目にエライ判官《ほうがん》(はんがんともいう)。検非違使庁というのは、今でいう検察庁と警察庁をダブらせたようなお役所のこと。で、いつの間にか義経自身を広く、九郎判官というようになり、義経のような不運不遇な人への同情心を、判官びいき、というようになりました。

道真は、のちに菅公とか天神さまなどと崇《あが》められ、義経同様、お芝居などに仕組まれ、いいことずくめの伝説が広められたのですから、たとえ配所の月を眺めたとしても、もつて瞑すべし、といったところでしょうか。

義経たち源氏によって滅亡させられてしまった平家一門のドン、平清盛という人は、武将にしてかつ優れた政治家であるにしても、後の世の人たちには、どうも人気がありませんですな。

五十歳を越えても脂《あぶら》ぎっている彼の眼にとまったのが、妓《ぎ》王《おう》と妓《ぎ》女《にょ》という姉妹《あねいもと》の**白**《しら》**拍子**《びょうし》。あの在原行平といい、清盛といい、お盛んな人たちは、どうやら姉妹というワンセットがお好きらしい。

白拍子といいますのは、白い**水干**《すいかん》を身につけて長袴《ながばかま》をはき、金色《こんじき》の立烏帽子《たてえぼし》を頭の上にのっけて太刀を佩《は》き、扇をかざしたり指《さ》したりして、舞を舞ったり歌をうたったりするのを生業《なりわい》とする女性。もともと、水干とか立烏帽子なんかは、舞を舞う男性の装束でしょう？　それを女性が身にまとう。つまり白拍子は、今はもう古い言葉になっていますが、男装の麗人てェわけなんですな。

当節に例えてみれば、黒のタキシードにシルクハットで舞台に登場する、宝塚歌劇のスターのような存在。正常な神経をもっている男性が見ても、白拍子は妙に色っぽい。

そうそう、義経の彼女、静御前も白拍子の出身。

さて、まず清盛の眼にとまった姉の妓王。その妓王の**口添え**で、妹の妓女も引き立てられる。こうして三年間、姉妹は清盛さんに、花の色香《いろか》を漂わせる。二人ともまだ二十《はた》歳《ち》前。

そこへ、ライバルが現れた。加賀の国から京の都にやってきたのが、やはり白拍子で、十六歳の仏御前《ほとけごぜん》。この仏御前、その名前に似合わず、かなり心臓が強い。清盛に呼ばれもしないのに、ノコノコ、京は西八条にある清盛の別邸へやってきた。今でいうところの、売り込み。

ところがさすがに清盛。「呼びもしないのに来よるとは図々しい女子《おなご》や」とか何とかいって、仏御前を追い返そうとする。そこをとりなしたのが妓王。優しい気持ちの女性なんですね。

仏御前が同業者だからと、作業衣を着せて、つまり白拍子姿にさせて、清盛の前で一指し舞わせる。これが、清盛の眼には、妓王、妓女よりも瑞《みず》々しく映った。清盛はもうそのころには、平相国入道《へいしょうこくにゅうどう》と名乗り、おつむを丸めて坊さんの格好をしていた。坊さんに仏はつきものですな。

「む、やっぱり妓王、妓女よりも、仏の方がええわい。おい、妓王よ妓女よ。わしはもう歳とってしもうて、三人ではかなわんわ。姉妹はどこなと行ってしもたらどや」

「そりゃ、入道はん、あんまり殺生やがな」
必死に継続を願う妓王、妓女。そこで、
清盛は仏のために迷わされ
迷う人間を救うのが仏なのに、逆に仏から迷わされた坊さん姿の平相国入道。清盛から屋敷をおっ払われる時、かの妓王は障子の紙に、泣く泣く次なる一首を認《したた》めた。

萌《も》え出《い》づるも枯るるも同じ野辺《のべ》の草
いづれか秋にあわで果つべき

これが二十歳前後の白拍子の歌ですよ。何と教養があるじゃあありませんか。

「エーッ？」

「ホントーオー？」

「ウッソォーッ」

「これはァ、手前どもがァ、ゆうんじゃァなくてェ、ちゃんとォ、平家物語の中にィ、書いてあるゥ」

さて、五十歳をとっくに越している入道清盛さん。親子ほどの年の差のある、十六歳の美少女が可愛くてしょうがない。当節とても、こんなことはよくあるケース。ところが清盛、老化現象の兆《きざ》しとも見える、情緒不安定になる。何を思ったのか、いったんは追い出した妓王のことが気になってくる。

「仏御前が一人で退屈しとるさかいに、慰めてやってくれんか」

と、事もあろうに、妓王の許へ使いの者を立てる。妓王の心境や如何ばかり。プロとしてのプライドが許しません。そりゃそうですな。ノー、と断った。すると、またしても催促の使者。しつっこい男は嫌われる。妓王は老いた母のたっての頼みに、やむなく、今度は清盛の本邸があり、平家の役所のある六波羅《ろくはら》へと行く。清盛の悪趣味で、妓王は舞を舞いこそすれ、彼女の顔は無表情。

家に帰ってきた妓王は、ついに一大決心をした。みどりの黒髪を断ち切って、尼さんになっちまったんですな。可哀想。惜しい。もったいない。そして、京の外れ、嵯峨野の奥に、粗末な小屋を建ててての**読経三昧**《どきょうざんまい》の日々。時に妓王二十一歳。するると、そのあとを追うようにして、十九歳の妹の妓女も尼になる。二人の母親も、四十五歳で尼となる。

六波羅の仏で嵯峨に尼ができ

えー、このあとの展開もまた、ドラマティックなんですな。星合《ほしあい》の日、そう、七夕の日なんですが、いまの暦よりずっとずっとあとになった秋の夜のこと。

『平家物語』によりますってェと、「……たそがれ時《どき》も過ぎぬれば、竹の編戸《あみど》を閉《と》じふさぎ、ともしび幽《かす》かにかき立てて、親子三人もろともに、念仏していたる所に、竹の編戸をほとほとと打ちたたく者出《い》で来たり……」。

これが何と、あの仏御前じゃあありませんか。仏にお仕えする人たちの前に現れたのが、**生身**《なまみ》の仏。

「あッ、あなたは」

「かんにんしておくれやす」

と、仏御前が、頭にかむっている白い布を静かにとりますってェと、おお、あの見事だった黒髪がない。彼女もまた尼となっていたんですな。

しがらみの果てはありける嵯峨の奥

頭を丸めた清盛は、この一件で、とうとう合わせて四人の女性を尼さんにしちまった。

「四人？　五人とちゃうか」

「なんで五人なんや」

「ほら、あの小督局《こごうのつぼね》がいてはるやんか」

「おうおう、そやな」

宮中第一の美人、小督局も、美人なるが故に、嵯峨野の月に泣く。彼女にひそかに心を寄せていた、やんごとなき男性が二人おりました。一人は何と高倉帝《たかくらのみかど》。もう一人は、冷泉大納言隆房《れいぜいだいなごんたかふさ》というお公卿さん。ついてないのは小督局。この高貴な男性の奥さん、と申し上げては申し訳ないんですが、何と、それぞれの奥方が、あの清盛の娘さんなんですな。そのことが耳に入って、さあ怒るまいことか入道どの。いや平家のドン。家来に、

「彼女を消してしまえ」

と命令する。自分じゃ、やれ妓王、妓女だの、やれ仏御前だのと、楽しんでおきながら、他人の**艶事**《つやごと》はおもろうない。

小督は、ほかの方々に迷惑がかかってはと、ある晩突然、宮中から姿を消しちまった。三角関係のモツレとか、そんなエゲツないことじゃあない。小督さんの、崇高なる精神の発露ってェところですかな。

小督は、やはり嵯峨野の奥に、ひと知れず逃れ住む。帝は弾正大弼仲国《だんじょうのだいひつなかくに》という男に、小督の行方を追わせた。これも大っぴらにはできない。そこで仲国、馬に乗り、名月を頼りに鞭をあげ、小督はここか、はたまたどこかと、嵯峨野あたりを探し回る。

その時、彼の耳に入ったのは琴の音色。その調《しらべ》は、まごうことなき「想夫恋《そうふれん》」の曲。仲国は笛の名手。小督は琴の名人。かつてこの「想夫恋」の曲を、二人は宮中で合わせ

たことがあったんですな。で、仲国、その琴の音色を頼りに馬を進めていきますってェと、やっと小督局の侘びずまいを探し当てることができたンであります。

てなわけで、小督局、ひとたびは宮中に連れ戻されたんではありますが、

「なにィ、小督が戻ってきたァ？　あかんッ！」

小督は清盛の家来に捕まって、無理矢理に、これまたみどりの黒髪を断ち切られ、尼にさせられちまった。ほんとうに可哀想なお話ですな。そして、またもや嵯峨野の奥の侘びずまい。これで、清盛のために、尼になった人たち、尼にさせられた人、合わせて五人。

うきふしや竹の子のなる人の果　　芭蕉

当節のお若い女性の皆さんの中には、

「そんなちょっとしたことで、いちいち髪の毛を切ってたら、いくら髪の毛があったって足りないわよッ！」

と、おっしゃる方が、あるいはいらっしゃるかも知れませんですな。ごもっともでございますとも。

弓張月《ゆみはりづき》にも思うこと

秋を彩《いろど》る道具立てとしては、「配所の月」で申し上げた、十五夜、十三夜なんかを含めての、いろんなお月さん。それから虫の音、七草、紅葉《もみじ》など、いろいろありますな。まずお月さんでは、仲秋名月や十三夜などのほかに、三日月はいかがでしょうか。ふつう月齢三日の月を、おしなべて三日月といっておりますが、とりわけ釣瓶落《つるべお》としの秋の夕空に、ほっそりと浮かんでいるのを見ますってェと、何となくもの哀しくなってくる。そんなご経験をお持ちの方も、多分いらっしゃるんじゃあないでしょうか。

三日月の形が、女の人のほっそりとした眉の形に似ているというんで、それを月の眉とか、眉月《まゆづき》とかいってきました。その眉月をみるにつけ、別れたあの人が、思い出されてなりませぬ。

「ああ、あの人は今ごろ、どこにどうしているのかなァ」

なんて、ボンヤリと道に、佇《たたず》んでおりますってェと、

「ちょっとちょっと、邪魔ようーッ、どいてェ！」

振り向くと、自転車に乗っているお嬢さん。きりっとした顔。眉は男性のように黒く太くて、横一文字。途端に眉月の女《ひと》の面影は消え失せてしまった。なんてェお話もある

ようで。かつて美人の典型的な眉といわれた三日月形は、当節、必ずしもそうではありません。

面白いことに、秋分のころの三日月は、おっ立っていますし、春分前後の三日月は、ほとんど水平。釣り舟のような形をしてますな。

三日月やはや手にさわる草の露　桃隣

この三日月と、似ているようで違うのが、弓張月。弓の弦《げん》を張った形をしていて、上弦はお月さんがだんだん太っていく大体七日か八日ごろ、そして下弦は逆に、お月さんが痩せていく二十二日か二十三日ごろ。この下弦の月は、夜半を過ぎてからの月ですから、色っぽさよりも、むしろ凄味さえ感じることがありますな。

弦を上に張ったような形の月を、宵月《よいづき》とか夕月とかいってますな。夕月と空飛ぶ雁とのとり合わせの絵を、時折目にすることがございます。安藤広重描くところの「名所江戸百景」のうち、「堤の月」の絵は、夕月と雁とを組み合わせた典型的なものでしょうな。

えー、最近はレトロ・ブームとやらで、ことさらに古風なことを好む人たちが増えてまいりました。ある人、雑念を払いたくて、昔ながらのたたずまいが残る、とある鄙《ひな》びた山あいの町あたりへ、一人旅をした。別にその町が目的じゃあない。ただ何となく惹《ひ》かれるものがあって、ふとその町に立ち寄ってみたんですな。

嬉しいじゃあありませんか。これも昔風の居酒屋が、たった一軒ぽつんとある。店の中には、多分地元の人たちでしょう、四、五人が、にぎやかに話し合っていた。

旅人は、練ったそば粉《こ》をサカナにして、独り静かに呑んでいた。しばらくあって旅人は、ふっと耳をそば立てた。

酒売る家のさざめきに、交《ま》じる夕べの雁の声……。

「雁だ、雁だ！」

旅人は声を出し、月をかすめる雁を見るべく、店の外へ出ようとしたんですな。店のおばさん、何と聞き違えたものか、

「へぇッ？　借りだァ？　借りといわれても、うちは**一見**《いちげん》**の客**にには貸したことがねぇだよ」

月の名所

月の名所は、日本全国各地にありまして、またお芝居や日本音楽、ナツメロなんかの中でも、お月さんをかけての名台詞《めいぜりふ》や、よく知られたメロディーが作られてきましたな。

月の名所で古くから知られているのが、信濃は姥捨山《おばすてやま》の田毎《たごと》の月。芭蕉がひと目見ようとした、みちのく松島の月。近江《おうみ》は石山寺の秋の月。遠江《とおとうみ》は、小夜《さよ》の中山《なかやま》の月。播磨《はりま》は明石潟《あかしがた》の月。まだまだたくさんあるでしょう。

ナツメロの中にも月の名所がうたいこまれています。〽澄んだ夜空に真ン丸月夜、で、国定忠治をうたう「名月赤城山」。直立不動の姿勢の東海林太郎さんの持ち歌でしたな。〽月の名所は桂浜、はペギー葉山さんがヒットさせた「南国土佐を後にして」。〽青い月夜の十三夜、は島倉千代子さん。

これまでの詩歌などを入れますってェと、月の名所は、ゴマンとありますな。で、ノコノコ出かけて見ますと、月の名所は、話に聞いたほどじゃあない。詩歌で知ったほど、美しくもない。「荒城の月」の歌の文句のように、〽昔のひかり今いずこ、ってところですかな。

どなたでも、その気分になって見上げたところが、すなわち月の名所、というもんじゃあないでしょうか。小林一茶の次なる句。

山里は汁《しる》の中まで名月ぞ

月も人並み

えー、お芝居、歌舞伎なんかの中には、お月さんを人間扱いしているものもありますな。前に申し上げた「十六夜・清心」の中で、月夜に悪事を働いたあとの破戒僧、清心のこの台詞。

「知っているのは、お月さまと俺ばかり」

と、凄みを利かせたモノローグ。

「義経千本桜」の、吉野下市村《しもいちむら》、「釣瓶鮓屋《つるべずしや》の場」では、鮓屋の娘さんのお里が、弥助《やすけ》、実は身分を隠している三位中将平維盛《さんみのちゅうじょうたいらのこれもり》を、さるところへ誘い込むために、お月さんを月並みに人並みにした。

「二世《にせ》も三世《さんせ》も固《かた》めの枕。二つ並べてこちゃ寝よう。おお眠む、おお眠む。もおし弥助さん、あれ見やしゃんせ。お月さまも、寝やしゃんしたぞえ」

鮓の好きな方の中には、通《つう》もいらっしゃって、鮓屋さん、あるいは鮓そのものを、弥助といっているのは、このお芝居からきているんですね。が、やたら弥助、弥助を連発しますってエと、通もいささか**鼻につく**。通が不粋《ぶすい》になりかねません。その通にあえて逆《さか》う人だって出てくる。

「おい、弥助へ行こう」
「誰を助けに行くんだい」
「助けじゃないよ、つまむんだ」
「鼻をかァ？」
〽ストトンストトンと戸を叩き、主《ぬし》さん来たかと出て見れば、そよ吹く風にだまされて、月に見られて恥ずかしや　ストトンストトン……。
この「ストトン節」も、月を人並みにした唄。
空にあるお月さんのお話ですから、次はぐっと新しく、ぐっと高い次元でまいりましようか。堀口大学詩集『月光とピエロ』から、「秋のピエロ」。
泣笑いしてわがピエロ
秋ぢゃ！秋ぢゃ！と歌うなり
O《おう》の形の口をして
秋ぢゃ！秋ぢゃ！と歌うなり
月のようなる白粉《おしろい》の
顔が涙を流すなり
身すぎ世すぎの是非もなく

おどけたれどもわがピエロ
秋はしみじみ身に滲《し》みて
真実《しんじつ》なみだを流すなり

月並みの言の葉

風流にも海へ船を出し、「月の前の一夜《いちや》の友」と月見酒を酌み交わしながら、持ってきた蟹の甲羅《こうら》をあけて食べようとしましたが、これ如何に、「**月夜の蟹**」で中味は空ッぽ。

えー、「**月夜の友**」も「月夜の蟹」もともに、月にちなむ言の葉でございますね。そのほかにも、必要でないのに使うのたとえが「**月夜の提灯**」。これに似通ったのが「**月の前の灯《ともしび》**」。

月あかりの中では、小さなともしびは、あまり効果がない。そこから、立派なものに直接比較されるとひき立たないもの、のたとえが「月の前の灯」ですね。

よくいわれるのが、「月とスッポン」。天空高く輝く月と、泥池の中にもぐり込んでいるスッポンとの距離の差は大きい。その大きな開きのあることのたとえが、「月とスッポン」。でも、手前どもでしたら、スッポンの方がいい。月は眺めるだけ。スッポン煮、スッポン汁はホントに美味《うま》いですな。できれば月夜の下で、スッポン料理を食べてみたい。似ているところは、月は空高く、スッポン料理は値が高い。そんな**はしたない**ことを言っちゃあいけません。そんなら「月夜に米飯《こめのめし》」。これはどっちもいい。

ぐっと風流なところで、「月雪花《つきゆきはな》に酒と三味線」。これは〝通《つう》―といえば可《かあ》〟なる仲の遊び友達同士が好むもの。

では、歌沢の三味線と唄とで、「夕暮」とまいりましょうか。

〽夕暮に　眺め見あきぬ隅田川　月の風情を待乳山　帆かけた船が見ゆるぞえ

アレ鳥が鳴く　鳥の名も都に名所があるわいな

わが身一つの秋でなし

秋の魚

ま、秋には、その上に、いろんな言葉をかぶせておりますな。例えば、行楽の秋。スポーツの秋。芸術の秋。食欲の秋。えー、この何とかの秋をよくよく考えてみますってェと、別に秋に限ったことじゃあない。ことに食欲なんてェものは、年がら年中、体の中からわいてくる。

そうはいっても、食べものには、一番おいしく食べられる時期、てェものがありますな。そうそう、旬《しゅん》ですね。中には無理をして走《はしり》を食べたがる人もいる。走の価《あたい》は高くて、栄養価はいまひとつ。やっぱり、旬のものがいい。

ところが今は、栽培、養殖、収穫、それに保存と、何でも技術が進んでますから、野菜や果物、それに魚なんか、走も旬もわからないものが多くなりましたな。

鈴虫の音色鰯《いわし》にしのび寄り

秋の魚として、古くから親しまれてきたものに鰯がありますな。ひところまでは、鰹売りの声が、街に初夏を呼んでいましたた。同ンなじように、鰯売りの声が秋を呼んでいた。

買ってきて、庭先に七輪《しちりん》を持ち出し、炭火で鰯を焼く、あの煙。団扇《うちわ》でパタパタ火をおこし、煙を追い払うあの風景。そして、どこからともなく、リーン、リーン、リーン、と聞こえてくる鈴虫の音。「懐しいなァ」と思われるのは、多分、これも人間業を長く続けておいでのご年配の方。団扇で夕陽をさえぎり、空を見上げますってェと、向こうには天高く鰯雲。えー、この鰯雲は、鰯が群れている形に似ていること、鰯がとれるころに空に浮かぶこと、そんなことなんかから、この呼び名がつけられたそうですね。

鰯雲日和《ひより》いよいよ定まりぬ　虚子

えー、秋の魚として、その当てた漢字よろしく、秋刀魚《さんま》もありますな。江戸時代の末ごろ、庶民の暮らしの中のひとコマ。路地のあっちこっちでは、炭火で焼く秋刀魚のけむが、もうもうと立ちのぼる。何といったって、この秋は秋刀魚の豊漁続き。安い、安いってんで、夕べともなると、長屋中は毎ン日のように秋刀魚を焼く。

旅先の仕事を終えて、久々に長屋近くまで帰ってきたのがわれらが熊さん。長屋からもうもうと立ちのぼるけむを見て、熊さんびっくり仰天。

「わあーッ！　大変だァ！　長屋が火事だァーッ！」

てんで、振《ふ》り分《わ》け荷物をおっぽり出し、あわてて火の見櫓に上って、お芝居の八百屋お七の態《てい》よろしく、ジャン、ジャン、ジャンと、それこそもう、じゃんじゃん半鐘をたたきまくる。

「そーれ、火事だァ！」

秋刀魚を焼いてた長屋の人たち。驚いたり、あわてたり。団扇を持ったまま、右往左往。と、ま、昔はこんなこともあったということです。

焼いた秋刀魚は、焦げ目の多いほうが、いかにも美味《うま》そうですな。七輪からお皿に移しても、まだジュウジュウ音を立てている。それを大根おろしと一緒に食べるという図。これももうあんまり見かけなくなりましたな。大根おろしじゃあなくって、

……そが上に　青き蜜柑の酸《す》をしたたらせて　さんまを食《くら》ふは　その男がふるさとのならいなり……

とは、ご存じ、佐藤春夫さんの詩、「秋刀魚の歌」の一節ですな。そして、
さんま　さんま　さんま苦いか　しょっぱいか……

彼のふるさとは紀州でした。蜜柑の産地として有名ですな。

当節、ガス・レンジで焼いた秋刀魚を食べるたびに、〝さんまは苦いか、しょっぱいか〟と、つぶやく方もいらっしゃるとか。秋刀魚に、世の中の有様《ありよう》を重ねてのつぶやきなんでしょうかね。

秋刀魚や鰯などのように、秋になるとおいしくなるのが秋鯖《あきさば》。ところが、昔むかしのお話ですよ。

「〝秋鯖は嫁に食わすな〟、ってひどいことを言ったお姑さんがいるそうだなァ」

「そんな話、嘘にきまってるよ」

「じゃ、〝秋茄子は嫁に食わすな〟、この話はどうなんだい」

「その話も多分誤解から広まったんだろうよ」

「鯖も茄子も美味い。美味いから、食が進む。食が進むと、太ってくる。太ってくると、動きがにぶい。動きがにぶくなると、働くのがおっくうになる。姑にとっちゃあ、面白くねぇ」

梅干しが口のすいほど嫁そしる

養殖・天然

えー、当節は、むろん、鯖も茄子も食わすな、なんてェことはありませんし、そんな言葉も、まったく聞いてはおりませんですな。第一、当節は、お嫁さんが家の経済を握り、じゃなくて預かってます。でも、「食べようが食べまいが、私の勝手でしょッ」、なんてェこともおっしゃらない。お嫁さんとお姑さんとの間は、実にうまくいっている、というご家庭が多い。

えー、最近は、ハウス栽培もの、養殖ものも多くなってきた反面、自然食ブームともなっておりますな。「うまいものは、天然のものに限る。養殖はいかん」と、グルメぶる向きもおいでのようですが、全部天然のものを食卓に揃えることは、ま、不可能といっても言い過ぎじゃありませんですな。

考えようによっては、私たち人間だって、子供のころは親に養殖され、社会へ出ると世間さまに養殖され、広くいって大自然に養殖されている、ともいえそうですな。

ところで、魚なんですが、これをうおと読むかさかなと読むか、その読み方の根拠はあるんでしょうか。何でも、川や海にいる間はうおで、水揚げされてからはさかなという説があるんだそうで。

なるほど魚屋《さかなや》さんといいますが、では魚市場《うおいちば》の場合はどうなんでしょう。一番微妙なのは、うお釣りか、さかな釣りか。針にひっかかって、釣りあげた途端に、うお変じてさかなとなる。

「あッ、お父さん、釣った釣った。うおがさかなになっちゃった」

さあ、どうなんでしょうか。

さび鮎

秋日和にめぐまれますってェと、釣り人たちは、いそいそと、なじみの川なり、海なりへとお出かけになる。と、予期した以上の大物が釣れたり、魚ではないガラクタがかかったり、のこともある。昔の間抜けたお話です。

「おれはな、きのう品川沖へ出かけたんだが、意外や意外、とんでもねぇ大物を釣りあげたよ」

「鯨かい？」

「まさか。それがな。小《ちい》せェ袋なんだよ」

「なあンだ、つまらねぇ」

「と、思うだろう。ところがどっこい。その小袋の中にはな。てェしたもんが入ってた」

「ガイコツかい？」

「おどろくなよ。大枚五十両だ！」

その話を聞かされた男。あくる日に、品川沖へとやってきた。

「や、やや、かかったぞ、かかったぞ！　手ごたえ十分。む、五十両にちげェねェ。うふふふふ」

釣り上げたところ、それが見事な大鯛。するとその男、鯛の口から針を抜いて、それを海へ投げ込んじまったんですな。

「ちぇッ、いまいましい！　うぬじゃァねぇッ」

えー、当節、秋の川でも、釣り人たちが目につきますな。

　水音も鮎さびけりな山里は　嵐雪
鮎がさびた、といっても、川の中で鉄かなんかのように錆《さ》びついて、にっちもさっちもいかなくなっちまった、そんな鮎ではなくって、さび鮎は、川釣りの皆さんもよくご存じのとおり、落鮎《おちあゆ》ともいわれてますね。

春の若鮎《わかあゆ》が、ピチピチしているのに対して、落鮎は、落着いている。それもそのはず。

秋になって、卵を産むころになりますってェと、お腹のあたりが、濃い茶色ッぽさを見せてくる。その色が、鉄かなんかの錆びた色に似ているというんで、さび鮎。若鮎のように、油こそのってはいませんが、なかなかオツな味がする。卵を産んだ鮎は、そのあと川を下って、短い一生を終えるのと、深い渕なんかにとどまって、年を越すのがいる。川を下る鮎が落鮎《おちあゆ》。年を越す鮎が、とまり鮎。

どちらにしても、釣りの通《つう》の人たちは、このさび鮎を狙う。ま、釣り人の中には、「釣りは釣れても、釣れねども」と、一種達観の境地にいる人もいる。そして釣りあげた魚は、自分自身では食べない人も多い。釣りあげた魚への、「申し訳ありません」なんてェ気持ちからなんでありましょうか。

たびたび引き合いに出して恐縮なんですが、おどる若鮎は、元気はつらつな若い娘さんのよう。一方のさび鮎は、何もかも分け知りの、**酸**《す》**いも甘いも**かみ分けた、中年の女性のよう。

〽灯《ひ》を消して　虫に聞き入る気落ちかな　心うつろに昨日今日《きのうきょう》

寝られぬ秋のいく夜さに　忘れもやらぬさび鮎の味《あじ》

ふつう小唄の文句といえば、女性の心情を推《お》し測り、風物に絡ませて綴ったものが少なくありません。さて、この唄のさび鮎の味は、男性側からの発想なんでしょうか。それとも、さび鮎自体の、回想の再確認なのでありましょうか。

ま、それはともかく、秋の季節には、さび鮎のように、川下へ、あるいは海へと、いろんな魚が落ちていきますすな。例えば、落鰻《おちうなぎ》や落鯛《おちだい》、それに落《おち》かいずなど。かいずは、若い黒鯛の地方の言葉なんだそうですが、秋が深まってくると、かいずは海図を頼りにしなくても、本能でだんだん海の深みへと落ちていく。

人間さまの中にも、かつて戦《いくさ》に敗れた人たちや、故《ゆえ》あって人目を避けなければならない人たちが、人里離れた場所へと落ちていった。これは落人《おちうど》といってきました。

落人

落人といったって、別に酔ッぱらってドブにはまり込んだわけじゃあない。落人には、何となく味わい深い雰囲気てェもンがありますね。日本音楽で「落人」といいますってェと、お芝居「假名手本忠臣蔵」の中の、お軽と勘平の道行《みちゆき》のシーンで語られる、浄瑠璃の清元で代表されておりますね。

「忠臣蔵」のお芝居ができた当初、この「落人」の場面はなかったんですが、幕末になって、八代目市川団十郎の踊りのために、三段目の切《きり》にあたるところに、わざわざ入れ込んだというわけです。正式の名前は「道行旅路《みちゆきたびじ》の花聟《はなむこ》」。清元の語り出しに、〽落人の……とありますので、ふつう「落人」と呼び、当節でも、お芝居ばかりでなく、踊りのおさらい会なんかでしばしば上演されている、人気演目の一つですね。

歌舞伎は江戸時代に盛んになりましたが、脚本は、当局、つまり江戸幕府に遠慮して、実際は江戸時代なんですが、モデルとは違った時代や、違った場所、そして違った人物名なんかに置きかえられておりますな。「假名手本忠臣蔵」の時代設定は足利時代。で、鎌倉から駆け落ちしたお軽、勘平は、お軽の里、京の街外れにある山崎へ落ちていく途中、はやばやと戸塚山中にさしかかる。この場面が、所作事《しよさごと》の「落人」、というわけなんですな。

戸塚山中といっても、小さな丘があるくらい。今は横浜市内で、車がひっきりなしに往来する。そこからは、憂《うれ》いを漂わせるあのお軽の踊りを、とても想像することはできませんですな。

落人は、源平合戦に敗れた平家の残党が本家、といえそうですな。平家落人の里として、今も全国あちこちに残っておりますね。昔は秘境といわれていたところが、すなわち平家落人の里。今でこそ、道路が整備されて、あるところまでは車で行けますが、それから先は難所が多い。実際に行ってみての実感は、なるほど隠れ里としては絶好の場所。これじゃ、たとえその場所を聞き知ったとしても、追っかける源氏の方が、イヤになってしまう。もう、ほっといても平家だ、なんてね。

平家の落人の功績は、まず中央の文化を山里に伝え残したこと。それがやがて、優雅な踊りとなり、優れた民謡にもなっていったんでしょうな。次に、地元の人たちに進んで溶け込んでいったこと。そしてこれは、今の自然環境の破壊にもつながりかねませんが、落人たちの落着いた所が、ダム造りの土地に適しているってェことですな。逆にいいますってェと、平家の落人たちは、ダム適地の発見者なんですな。

虎は死して皮《かわ》残し落人死してダムができ
「おい、平《たいら》君。君の故郷《くに》は確か信州だったなァ」

「はい先生。戸隠山《とがくしやま》のふもとです」

「なに？　戸隠山？　すると能や邦楽の中にある〝紅葉狩〟の本場だな。君の姓が平だから、あの曲の主人公、平維茂《たいらのこれもち》と、君のご先祖とは、何か関係がありそうだなァ」

「いえ、うちは明治時代になって、姓を名乗らなきゃいけない際に、山のふもとの平《たい》らなところにいたので、平、とつけただけの話なんです」

紅葉《もみじ》狩り

えー、山なんかの紅葉を観賞するので、紅葉狩り。昔から詩歌にうたわれ、伝説でも有名な紅葉の山は沢山ありまして、その一つ一つを訪ねてみたいのは山々なんですが、あまりにも多過ぎて、申し上げられないのが残念です。

四季のうつろいに寄せて、桜狩りとか蛍狩り、そして紅葉狩りなんて、優雅で長閑《のどか》なピクニックがある。一方では、なし狩り、ぶどう狩り、そしてみかん狩りといった、目だけでなく、おなかもいっぱいになる、食べもの狩りもあるようで。

「これ、いくら? あ、そう。高いね」

なんて、こちらはお金と直接結びつく狩り。〝みかん食べ放題〟といわれても、タダじゃない。何がしかのお金を払わなければならない。第一、食べ放題といわれたって、一度に何十個も食べられるわけがない。

その点、紅葉狩りは眺めるだけでいい。ただ、前にも申し上げましたが、「吉野竜田の花紅葉《はなもみじ》、酒がなければただのとこ」。やはり、一杯**きこしめす**ほうがいい。紅葉の赤さが、赤いお顔によく映える。

さて、信州は戸隠山の紅葉狩りを楽しんでいた平維茂《たいらのこれもち》とその家来たちの一行。山の中で出遇ったのが、揃いも揃って美人ばかりの侍女たちを連れた、そりゃもう、ふるいつきたくなるような、これまた美しいお方。

やがて、維茂一行と美女一行とは、紅葉をサカナに、差しつ差されつの酒盛りとは相成った。呑むほどに酔うほどに、かの美しき女性の主人公、一指し舞い始めた。ここの描写は、お能では舞。日本舞踊では、邦楽の長唄、常磐津、それに義太夫の**掛合**で、あでやかな踊りの**見せ場**となるんですな。

維茂どの一行が呑まされたお酒には、何か体によくない薬草が混入されていたらしく、みんながつい、うとうととなる。そこに生臭い**一陣の風**。はッと気がつく維茂たち。と、それまであでやかだった美女たちは、たちまち姿おそろしき鬼女と変わる。

「さては鬼神でありしよな。いで維茂がァ、討ちとってくれェえん」

「何を小癪《こしゃく》なァ。鬼ひと口にィ、いで喰らわァあん」

てんで、チャンチャンバラバラ。結局、維茂どの一行は、とうとう戸隠山の鬼を退治してしまう。と、これが、お能や歌舞伎所作事の「紅葉狩」の展開ですな。

鬼ども多くこもりいて

ま、いわゆる鬼の成立由来なんてェ、こむずかしいお話はさておきまして、私たちは、もう子供のころから、鬼とつきあってまいりましたな。まず「鬼ごっこ」。お話としては「桃太郎の鬼退治」。童話の「泣いた赤鬼」。そのほか、まだまだ鬼にまつわる伝説は数多くありますな。それに鬼の名をかぶせた地名、鬼に由来する行事、などなども数多い。

平維茂が信州戸隠山の鬼を退治する一方、源《みなもとの》頼光《らいこう》は、丹波《たんば》大江山《おおえやま》の鬼どもをやっつけたことも、私たちが子供のころから、歌としてうたってまいりました。

〽昔丹波の大江山　鬼ども多くこもりいて

都に出では　人を喰い

金や宝を　盗み行く……

そこで頼光さん。仲間の平井保昌《ひらいやすまさ》や家来の坂田金時《さかたのきんとき》など四人、総勢六人で大江山に入る。

山入りは似たり（二人）寄ったり（四人）強い人

大江山には、大親分の酒呑童子が、赤鬼青鬼ども大勢をしたがえて、山伏姿に身を変えた頼光たちを接見する。頼光たちは、名前からしてお酒が好きそうな酒呑童子たちへ、これも薬草を入れたお酒をすすめる。

鬼も蛇《じゃ》もとかく酒にはだまされる

蛇とは、お酒で酔いつぶされて、のたうち回り、素戔嗚尊《すさのおのみこと》にやっつけられた、あの八岐大蛇《やまたのおろち》。

やがて酒呑童子たちも、お酒に呑まれてぶっつぶれ、結局、止《とど》めを刺されてしまった、という次第。

この酒呑童子たちは、実は日本海を船で航行中、激しい暴風雨で時化《しけ》に遭い、海岸に漂着した西洋人ではなかったか、というお話は、面白いですな。

歴史の年表を見ますってエと、コロンブス一行がアメリカ大陸を発見したのが一四九二年。イスパニア人がひとたびフィリピンを征服したのが一五六五年。日本では足利時代の末ごろから戦国時代へかけてのころ。そして関ヶ原の合戦のあと、一六〇二年には、オランダが東インド会社を作っておりますな。ヨーロッパの強い国々が、優れた海洋技術で、あちらさんのいう極東地方へ進出し始めたころですから、オランダなどの船が、日本海の海域に出没したとしても不思議なことではありませんですな。

彼らは、見知らぬ国、日本の海岸に漂着した。そして、船から持ち出した残りの食糧などを持って、とりあえず山の中の、大きくて広い洞穴《ほらあな》へ入り込んだ。時には海岸に出て、魚を採ったこともありましょう。しかし、蓄えておいた食糧の底が見えてきますと、こりゃいけない、とばかり、里の人家へ押し入った。牛や馬を強奪するばかりか、娘さんたちもさらって、山へ戻る。

そこで娘さんたちが見たのは、血がしたたるような肉を食い、血を飲む、二メートルに近い大男たち。その髪の毛は金色。体には赤茶色に光る毛がもじゃもじゃ。眼ン玉は青い。娘さんたちは、てっきり鬼だと思い込む。

その鬼たちのスキをみて、命からがら洞穴から逃げ出した娘さんたちの話から、浜の人たちも、大江山を棲家にしているのはやはり鬼だ、とばかり信じ込んじまった。浜のみんなはそれまで、西洋人という人種を見たこともなければ、むろん世界のことも知りません。ですから、大江山の西洋人たちを鬼だと思い込んだのは、こりゃ当然ですな。

作家、村上元三さんの小説『酒顚童子《しゆてんどうじ》』では、彼はもともとフランドル伯爵領の貴族で、シュタイン・フォン・ロベール・バルドウイン・ドッジという名の、漂着西洋人として描かれています。

ある日、気晴らしに、酒呑童子自身が一人浜に降りてきたところ、たちまち浜の人たちに見つかり、追っかけられる途中、どぎまぎしてあわてた彼は、つい口ごもって、自分の名前を短く、「シュタイン・ドッジ、シュタイン・ドッジ」とくり返す。この、シュタイン・ドッジが、浜の人たちには「しゅてんどうじ」と聞こえる。そこで、彼が酒呑みでもあることから、酒呑童子と名付けられたのかも知れませんですな。

彼らの食べていた人肉とは、実は、里から奪ってきた牛や馬などの肉。呑んでる血は、ぶどう酒。金髪、青い眼玉、それと二メートル近い大男、なんて姿かたちから、どうやら漂着した西洋人だと判断できそうですな。

ところで、日本にも外国にも、不思議な運命のもとに生まれた幼子が、人々がほとんど入ることのできない山奥なんかへ捨てられ、その山奥で、動物たちに守られて、たくましく育った、という伝説がありますな。役行者《えんのぎょうじゃ》や武蔵坊弁慶、それに頼光と一緒に大江山へ行った平井保昌や金太郎、のちの坂田金時《さかたのきんとき》なども、その仲間だと伝えられています。

この捨てられた幼子が「捨《す》て童子《どうじ》」。その「捨て童子」がなまって、「しゅてん童子」になったというお話もあるようです。

ま、山の洞穴や小島、それに都市でも、人々がふだん寄りつかない場所に棲んでいたのは、有体《ありてい》にいって、鬼なんかではなく、しょせん、人間だったんでしょうな。それも一匹狼の盗賊か、盗賊の集団。それに今様にいいますってェと、昔むかしの反政府組織のゲリラの集団だったのかも知れませんですな。あるいは**世をすねた**人。

「じゃ、奥州安達《あだち》ヶ原《はら》、黒塚《くろづか》に住む老婆が、実は鬼女だったり、戸隠山の美女たちが鬼女だったりのお話は、どうだったの？」

はい、それも、一時的に女性に姿を変えてはいても、もともとは男性だったんじゃないでしょうか。その存在が、いろんな信仰や説話なんかと結びついて、鬼女伝説が生まれたともいえそうですな。


「おい、おめぇの村じゃ、秋祭りに、久しぶりで**鬼踊り**を踊るというじゃねぇか」

「うん、それに**鬼の舞**もな」

「何だか**鬼の首**でもとったような喜びようだなァ」

「そう見えるかい。しかし**鬼殺し**でも一杯ひっかけて踊らねぇと、ちょいとばかり照れくさい」

「**鬼瓦**のような、その顔じゃなァ」

「何だとォ」

「ま、でも**鬼の面**をかぶるから、いいじゃねぇか」

「**鬼々しい**といわれている俺のようなもんでも、やっぱり友達はいい。晴れの舞台に来てくれると聞くと、そりゃ嬉しいよ」

「**鬼の目にも涙**、ってわけか」

「**鬼に金棒**だよ」

「ところで娘のお花ちゃんも一緒かい。あの娘《こ》、しばらく見ねぇうちに、ずいぶん綺麗になったなァ。いくつになったたっけなァ」

「十八だ」

「**鬼も十八**、番茶も出花《でばな》か」

「**鬼が笑う**ぜ。その出花に、**餓鬼**もくっついて見にくるってさ」

秋の村祭りを前に、隣り合わせた村に住む、古くからの友達同士が、変わらぬ減《へ》らず口《ぐち》をたたいておりますその年も、村は豊年万作でございます。

数あわせ——名数《めいすう》

大江山の酒呑童子の退治の際、源頼光は平井保昌のほかに、四天王、すなわち四人の強い家来を連れていった。碓井貞光《うすいのさだみつ》。卜部季武《うらべのすえたけ》。坂田金時《さかたのきんとき》。それに鬼退治にはベテランの渡辺綱《わたなべのつな》。この四人ですな。

四天王は、もともと仏教からきている言葉でして、帝釈天に仕え四方を守る、持国天、増長天、広目天、そして多聞天のことですね。

同じ種類の呼び名や、異色な存在、それに特に優れた人、物、場所なんかを、例えば三とか五とかいうふうに、一つの数に呼ぶものを、名数といってきました。四天王もその一つですな。私たち日本人は、この名数――数あわせがたいそう好きなんだそうですな。

一はなくて、二ですと、二都。昔の南北二つの都で、南の奈良と北の京都。三は、お芝居で三姫《さんひめ》といえば、「本朝廿四孝《ほんちょうにじゅうしこう》」の中の八重垣姫《やえがきひめ》、「金閣寺《きんかくじ》」の雪姫《ゆきひめ》、そして「鎌倉三代記《かまくらさんだいき》」の中の時姫《ときひめ》。よく知られているのが、秋に菊人形展なんかによく出される、八重垣姫ですね。

雪姫は、お芝居ではあの絵描きの雪舟《せっしゅう》の孫娘という設定ですね。彼女に横恋慕《よこれんぼ》した男に切りかかったものの、かえって捕まって、雪姫は柱に縛りつけられてしまうというのは、おじいさんの雪舟が、お寺の小僧さんだった時に、いたずらをした**お仕置き**として、やはり柱に縛られたお話をふまえたもの。

そこで雪姫も、縛られたまま腰を下ろし、爪先で桜の花びらを集めて、ねずみの姿を描こうとする。縛られたままですから、片膝《かたひざ》を立ててどうしても無理な姿勢となる。そ

こを観客の中には、どこをどう見て、どう考えたものか、

雪姫もねずみののぞく恥ずかしさ

三姫の逆といっちゃあ何ンですが、三婆《さんば》という、三人それぞれのむずかしい老婆役もありますな。

お能では、主役の仕手方《してかた》に対して、脇方《わきかた》、囃子方《はやしかた》、それに狂言方《きょうげんがた》を、三役といっておりますな。同じ三役でも、お相撲では、小結、関脇、大関を三役といって、千秋楽《せんしゅうらく》の三役揃い踏みは豪華版。ひところまで、横綱は名誉称号で、位ではありませんでした。

四天王のほかに、四の名数には、借金なんかで四苦八苦するという、四苦《しく》。これは、やはり仏教からの言葉なんだそうで、生、老、病、死。この四《し》。

老、病、死は、まあわかるとしても、どうして生が苦なんでしょうか。「人間、生まれたのが、もともと業《ごう》だ」なんてェことをおっしゃる人もいる。だからなんでしょうか、小説で、太宰治さんは「生レテスミマセン」と書き、有島武郎さんは「生まれざらましかば」と述べたんでしょうか。生はまず、生きていくこと。それが先決だ。(人はパンのみに生きるものかは)。生きる喜びもある反面、つらいことのほうが多いんじゃないでしょうか。

五の名数では、実在の五人の女性をモデルにして、江戸時代が半ばにかかるころ、**浮**

世草子に仕立てたのが、井原西鶴の『好色五人女』。どの女性像も、さらに脚色され、唄にうたわれ、お芝居になり、今に語り伝えられておりますな。

まず、お夏清十郎の「お夏」。次に樽屋おせんの「おせん」。おさん茂右衛門の「おさん」。八百屋お七の「お七」。そして、おまん源五兵衛の「おまん」。乙女あり、人妻あり、の五人女ですが、好色といったって、言葉どおりの**色好み**の女性たちじゃあない。置かれた状況からして、結果的に封建の世で自由恋愛を貫き、好色といわれるようになった。よく知られているのは、お夏とお七の乙女たち。といっても、事実はこの二人、半分だけが乙女といってもいいでしょうな。

ほかの四人は上方や九州などの女性なんですが、お七だけが江戸の女性。それだけに大勢の人たちの**口の端**にのぼった有名人。

自宅に火事が移って、一時お寺に避難させられたお七。そのお寺の**寺小姓**、吉三郎と仲が良くなり過ぎて、家の**普請**ができあがったというのに帰りたがらない。

生壁《なまかべ》はきつい毒だとお七云《い》い

なるほど、体調を崩しかねませんですからな。それでも連れ戻されたお七には、気の進まない縁談が進んでいる。いっそ、また火事になれば、恋しい吉三郎に会えると思ったのが、十六歳の乙女心の**浅はかさ**。

火のついたようにお七は逢いたがり
で、本当に**火つけ**をしちまったんですな。火つけは当時の大罪。お七は、**振袖しごき**姿で、襟に水晶をかけ、両手を後手《うしろで》に縛られたまま、**裸馬**《はだかうま》にのせられて、江戸市中をひき廻されたすえ、鈴ケ森《すずがもり》刑場で火《ひ》炙《あぶ》りにさせられちまった、という哀れな物語。火をつけることが、火を見るよりも明らかな結果になるのが、お七にはわからなかったんですかねぇ。まこと、**恋は思案の外**《ほか》。

お七も哀れですが、もっと哀れなのは、火をつけられて火災が広がり、災難に遭った、その他大勢の人たちだったんじゃあないでしょうか。ま、それにしても西鶴は、封建の世の中で、人間としての、性に対する女性の積極的で勇敢な言動を、「好色五人女」に寄せて肯定しておりますな。

六の名数には、前にもお話しした在原業平や、僧正遍照、喜撰法師、小野小町、文屋康秀、それに大伴黒主、この六人の優れた歌詠みをひっくるめた、六歌仙《ろっかせん》がありますな。

七では、秋のお話になってますから、秋の七草。萩、尾花、桔梗、刈萱、女郎花、撫子、それに葛なんですが、桔梗に代えて朝顔を入れることもありますね。

ま、名数は、数を重ねるごとに、数多くありまして、それにちなんだ話題となりますってェと、お話は容易に尽きません。皆さんのところにも、あるいは皆さんご自身、これまで言い伝えられたものとは違った、面白い名数があるんじゃあないでしょうか。例えば、「あたしゃ、この町の三美人の一人なんだって。うふふ」。「俺は素人だけど、十八番くらい芸をもっているんだゾ」。結構なことでございますなァ。

おきな草《ぐさ》

えー、名数のお話をしている間にも、秋はいよいよ深まりまして、秋の七草ばかりではなく、千草《ちぐさ》八千草《やちぐさ》が咲き乱れております。その中でも、日本の秋の日本の花の王者といえば、やはり、菊ということになりましょうか。王者ということのほかに、十六の花びらを丸くデザインした金色《こんじき》の紋章は、日本の国を表す象徴でもありますな。

海外旅行へいらっしゃる皆さんが、肌身離さず持っていらっしゃるパスポート。そのパスポートの表面にも、その菊の紋章。行った先の外国にある日本大使館の正面にも、その紋章。

ひと口に菊といっても、その品種たるや、これも数多い。また菊の呼び名もいろいろとある。例えば「星見草《ほしみぐさ》」、「契り草《ちぎぐさ》」、「いなで草」、あの深草少将を思わせる「百夜草《ももよぐさ》」、「川原《かわら》よもぎ」、それに「おきな草《ぐさ》」、などなど。小菊が沢山垂れさがった、あの懸崖《けんがい》づくりなんかも見事ですし、大輪もまた、結構でございます。

一方、街外れの野の路《みち》に、ひっそりと咲いている野菊。そんな野菊に心を惹かれる方は、さらに心優しい方だと思うんですが。

「おきな草」といいますと、何か、菊づくりだけに生きがいを感じている、お年寄りの皆さんを想像しがちなんですが、そんなことはありません。清楚な姿から、馥郁《ふくいく》たる香りを放って、なおもお盛《さか》ん。

「ね、菊の花から、どうして水を取ってんの。ね、お兄さんたらァ」

「水を取るなんて、そんな**野暮**な言い方をするなよ。菊に宿《やど》った露《つゆ》というんだ」

「そんなこと、ツユとも知らなかったワ」

「ほほう、流石《さすが》にわが妹だ。で、昔むかし唐土《もろこし》の国でなァ」

「トーモロコシを作っていた国ィ？」

「やっぱり不風流な奴だ。唐土とはなァ、中国のこと。その中国は、周《しゅう》という国でだ。王様に仕えていた、まだ少年の家来がだよ。ふとしたことで罪を犯して、遠いところへ行かされちゃったんだよ」

「あら、可哀想。もちろん、あたしよりも年下でしょうねぇ」

「ところがその少年。行かされた土地でねぇ、菊に宿った露を口に含んだところ、それからはずうーっと年をとらないで、何と、七百年もの間、生きながらえたそうなんだよ」

「へえーッ。ほんとォ。ね、お兄さん。あたしにも、その菊の水、飲ませてェ」

こういった伝説を、能に仕立てたのが「菊慈童《きくじどう》」。能の流儀によっては「枕慈童《まくらじどう》」ともいっておりますな。おととしでしたか、私も菊に宿った露を含んでみました。何かその時は、いーい心持ちでした。で、七百年なんて、そんな大それた望みは持っちゃあいませんがね。せめてその半分ぐらいまでいければ、ま、御《おん》の字《じ》だと思ってるんですが。

菊や咲く我れ酒たちて五十日　　白雄

柿くえば

菊が秋を代表する花だとすれば、日本古来の果物は、さて何でしょう。

里古《さとふ》りて柿の木持たぬ家もなし　　芭蕉

やはり、柿の実じゃあないでしょうか。ひところまでの農村には、ほとんどの家に柿の木がありました。今はもう、「柿の木持つの家すくな」とかわってしまいました。ちょいとばかり寂しい風景ですな。

第一、農村の子供さんたちでさえ、柿をあんまり欲しがらなくなったそうですな。街へ出かけるお父さんにねだるのは、ケーキ類。

「ね、お父さん、買って、買って」

〽買（勝）ってくるぞと勇ましく……。

お父さん、昔の軍歌を情けない調子でうたい、街へと出ていく。

柿は、甘柿はむろんのこと、渋柿も、渋抜きしたあとのあの甘さ、うまさはまた格別。でも、木に熟している甘柿をもぎとって、表面を拭《ぬぐ》い、皮ごとそのまま噛《かじ》るのもオツなもんですな。そのまま噛ったものか、どこかの家で皮をむき皿に盛った柿を食べたものか、ご存じ、正岡子規の句、

柿くえば鐘が鳴るなり法隆寺

子規は**根っから**の柿好きで、眼の前に置いた柿を見つめながら、俳句の選をしたこともあるんですな。まず好物を食べてから、仕事をするのが普通なんでしょうが、子規はその柿へ、時には眼をチラッと走らせたり、時にはぐっと見据えたりして、たくさんの俳句の中から優れたものを選び出した、というお話も残ってますね。選を終えて味わう柿の、その美味《うま》いこと。

三千の俳句を閲《けみ》し柿二つ　　子規

さて、来年もまたたくさんなってくれますようにと、実を少しだけ残しておくのが、木守柿《きもりがき》。きまもり柿ともいってますな。晩秋、夕陽に照らされている木守柿の色は、ますます赤くて美しい。それをほかの木から見ていた二羽のカラス。

「ついでだから、あの残った柿も全部いただくことにしようや」

「いや、あそこの家は、みんなが柿好きだ。柿を大事にしてる。仲間にもいって、木守柿を守ってやろう」

「じゃあ、こっちの家の木はどうだい」

「ああ、こっちはただ、放ったらかしておくだけだ。残っているのは、木守柿なんかじゃあないよ」

「じゃ、全部食べちまおう」

　浅ましや熟柿《じゅくし》をしゃぶる体《てい》たらく　　一茶

「寒くなってきたなァ」

といったのはカラスです。

冬

冬来たりなば

時雨《しぐれ》して

前に申し上げた、「紅葉狩」の謡曲の詞章の中に、〽時雨を急ぐ紅葉狩り、時雨を急ぐ紅葉狩り……、とありますが、この場合、時雨という現象を、山ン中で捉《とら》えております。そして今の時代も、私たちが時雨にあうのは、しばしば、山あいとか、向こうに山が霞んで見える所とか、あるいは野路とかといった旅先でのことが多いようですな。

急がずば濡れざらましを旅人の
後《あと》より晴るる野路の村雨《むらさめ》

そこで、松の木かげで、「もうすぐ晴れるだろう。もうじき上がるだろう」と、その時雨の音をきく。実際は、松吹く風の音が時雨の音に交じって聞こえてくる。松風の音が時雨に似て聞こえてくるのを、**松風の時雨**というんだそうですな。あっ、ここにも、須磨の浦の村雨と松風の名が登場してきましたね。

　昔のこと。やむなく遠くへ旅立たねばならなくなった夫を、村ざかいの、とある川まで送ってきた女房どの。ともに苦労してきたこともあって、送る人、送られる人、二人ともことさらに情《じょう》がわいてきて、別れ辛い。

「ね、あんたも、やがて人の親、お父ッつぁんになるんだから、道中、体にはいつも気をつけるんだよ。いいかい。変なことをおしでないよ」

　　乳の黒み夫に見せて旅立たせ

「む、ゆうべ聞いたのが小夜《さよ》時雨《しぐれ》。今の別れの心持ちが時雨《しぐれ》心地《ごこち》のようだなァ」

「そういえば、あのあたりの木の葉もすっかり黄色になって**時雨の色**」

「そうだなァ。ずっと向こうの山から山へと移っているのは、ありゃ多分、**時雨うつり**だろうなァ」

　と、夫婦仲良く肩を並べて、山のあなたの空遠くを、じっと眺めているってェと、その時雨は、向きを変えた風にのってこっちのほうにやってきそう。

「もういい、早く家へけえんな」

「あんた、気をつけてね」

やがて、**涙の時雨**が**袖《そで》の時雨**になりそうな気配。

「お土産に蛤《はまぐり》のしぐれ煮を買ってきてねェ」

当節と違いまして、昔の旅は、まかり間違えば再び帰宅もかなわぬことだってありました。浪曲「森の石松」のひとくだりじゃあありませんが、チャチャチャチャチャン。

「おーいッ」

〽またぐ敷居が死出の山。雨だれおちる三途の川。そよと吹く風無情の風……

それだけに、時雨どきの別離には、よりいっそう悲壮感に似たものがあったでしょうな。

えー、時雨というものは晩秋から初冬にかけて多い現象でして、その年、陰暦の十月ごろに初めて降る雨を、**初時雨**だという人もいる。もっとも時雨は、季節的には秋と冬に限りませんで、春時雨もある。夏は——夕立てェもんがありますから、夏時雨という言葉は、あんまり聞きませんですな。

ああそうそう。——元根《もとね》の崩れた元禄島田の髪に元禄好みの振袖で、初時雨の中、乱れた心で播州路の野面《のづら》をさまよい歩く一人の女性……。初時雨の中のその女性の名は、お夏。あの、「お夏清十郎」のお夏でございます。この二人の悲恋にもモデルがありまして、ラジオ、テレビのない時代に、世間に広まったのは、そのお話が歌念仏にとり入れられて、あちこちで口にされるようになったからだということですな。

これが、あの近松門左衛門の手で浄瑠璃になったり、井原西鶴が小説にしたりしてますます有名になり、そして日本音楽の常磐津で踊りとなったり、今日まで大勢の人々の涙の時雨となり、袖の時雨と相成っているというわけでございます。

月代《つきしろ》や時雨のあとの虫の音　　丈草

えー、先ほど、時雨は山あいや山に近いところなどに多く降ると申し上げましたが、よく知られているのは、京都の北山《きたやま》時雨。そのほか日本のあちこちには、その土地土地の名前をかぶせた数多くの時雨がありますね。

日本だけかといいますと、どうもそうではないらしい。例えば、中国の絵なんかを見ますってェと、川と山との構図の中に、日本の時雨によく似た雨らしきものが描かれたものもありますな。

あっし古今亭志ん朝も、仕事の都合で時折外国へ出かけます。ある時、ドイツで見た時雨は印象深かったですな。北山時雨流にいえば、ドイツ時雨、ライン時雨、ローレライ時雨……。旅先であう時雨は、国の内外を問わず、今も昔も変わりなく、ひときわ強く旅情を感じるもンですね。

旅人と我が名呼ばれん初時雨　　芭蕉

木の葉散る

時雨の合い間や時雨《しぐれ》る時でも、散る木の葉を眼にすれば、そぞろにもののあわれてェものを感じますな。その木の葉が散る時の表現に、ひらひら、ほろほろ、さらさら、ほろり、ひらり、などなど。木の種類や、木の葉の散る際の気象条件などによっても、その表現が違っておりますね。月並みでないのが子供たちの表現。からから、ひしゃひしゃ、ぷいぷい、すいーッすいーッ。

えー、どんな表現であれ、木の葉の散る風景を眼にする時、誰しもある種の感慨をもつ。「あわれ今年の秋はいぬめり」とか、「あーあ、だんだん真冬に近づいてくるなァ」とか、「そろそろ一年の決算をしなきゃならないなァ」とか、「今年のボーナスは、一体いくらぐらいになるかなァ」とか、感慨はだんだん現実的になってくる。

その落葉《おちば》を、眼で見るのではなく、耳で聞くことだってある。一夜、強い風が吹き、サラサラ、サラサラ、ザワザワ、ザワザワとした音が外から聞こえてくる。「はて時雨かな」と、戸を開けて外を見ますってェと月あかり。しかし強い風が盛んに木の葉を飛ばしている。その一葉《いちよう》二葉《によう》が、部屋の中に舞い込んでくる。外の落葉は塀の片隅に吹き寄せられて、なおもあとからあとから寄ってくる落葉と音が交ざりあっての、これが本当の時雨模様。

その時、**読みさし**ていたのが樋口一葉と二葉亭四迷の小説だった、とは、いかにも出来すぎですな。

『新古今和歌集』にあるこの歌、

木の葉散る時雨やまごうわが袖に

もろき涙の色とみるまで

「荒城の月」を作詞した土井晩翠は、次なる優れた小唄の詞章も作っております。

〽節《せつ》が過ぎたと人皆去れば　秋はさびしい浅間《あさま》のふもと

あとに織りなす紅葉《もみじ》のにしき　錦誰《にしきた》が見る月が見る

これが所かわってフランスとなると、〽枯葉よォ……ってなもんですかな。自然の神さまは、時雨を降らせたり、木の葉を散らせたり、枯葉を舞わせたりして、「木枯《こがらし》交響詩」の作曲にいそしんでおられます。

木枯さびし

木枯は凩の字も当てておりますな。あの音は、朝、夕、夜、いつ聞いても、何となくさびしくなってくるもんですね。とりわけ、夜ひとり家ン中で聞く木枯は、さびしさを越えて、何だかやるせなくなってくることさえあるようでございます。そんな時に、遠くから聞こえてくるのはチャルメラの音。焼きいも売りの声。途端に詩情が食い気に変わっちゃった。

木枯の音を聞いて、ボーッとしていると、……昔別れたあの人は、今ごろ、どこにどうしてござろうぞ……なんてね、古めかしくも色っぽい**想いにひたる**人も、あるいはいらっしゃるかも知れませんんですな。当節でも、ふる里を遠く離れて、独り都市などで働いている皆さんの中には、夜具にくるまっている時、あの木枯の音が耳に入りますと、ふと、ご家族のことを思い出す人たちも多いんじゃあないですか。ま、昔と違って、当節は、ダイヤル即時通話なんてェ便利なものがありますから、その場で家族の声を聞くことだってできるてェことですね。

「あ、かあちゃんかい？　元気か？」

「ンだ。おめえさも元気かァ？　こっちはみんな達者だ」

「かあちゃんの声だけ聞いても、元気な姿がわかるだよ」

その時、郷里《くに》の奥さんは、お風呂場から出てきたばかりのお姿だったんであります。

便りが届くのに五日も十日もかかっていた昔は、ふるさとを思う気持ちが、木枯の音で**いやます**ばかり。

寝た下を凩《こがらし》づうんづうんかな　一茶

枯木の生命《いのち》

木枯の字をひっくり返しますてェと枯木。木枯が吹きつのって、木の葉をほとんど落としてしまい幹と枝だけになってしまったのが枯木。うまくひっくり返った言葉ですな。もっとも枯木とはいっても、すっかり枯れ果てて生命力を失ってしまったものもあれば、枯木の中にちゃーんと生命が息づいているものも多い。その木は、ただひたすら春の芽吹きを待っているんですな。

葉っぱから、生きていく養分を冬の間採り入れられなくても、寒空《さむぞら》の中にすっくと立っているあの姿に、むしろたくましささえ感じますな。「枯木も山の賑《にぎわ》い」なんて、まぜっかえしちゃあいけませんよ。

よくお年寄りの中に、そういったたくましさを感じさせる方もいらっしゃいますな。**骨太**ですが余分な脂肪分はついていない。背筋もピーンとしていて、歩く足どりも確か。ひよわな若者よりもはるかに**頑丈**に見えるこのタイプのお年寄りは、今も農村や漁村、それに各地の島などで多くお見うけいたします。

冬の裸木《はだかぎ》のように、立派です。そこで、年齢には関係なく、はるか年下の女性からモテモテの男性がいるのかも知れません。

「十七、八は二度候かよ、枯木に花が咲き候かよ」とおっしゃった人もいますが、花咲か爺さんが枯木に花を咲かせたという昔話はさておき、気持ちのうえで若返った人たちもいらっしゃいますな。

くりくりと立派に枯れし堅木《かたぎ》かな　一茶

焚き火懐しイモ恋し

最近、初冬に旅をしまして、いわゆるローカル線に乗ってやれやれ。ふと車窓から外の景色を見てますと、田んぼに、紫の煙がたなびいているのが眼に入りました。モミガラを焼いているのか、わらを焼いているのか、はっきりとわかりませんでした。

その時、思い浮かんだのが、焚き火だったんですな。あっしがまだ少年だったころ、東京の下町は、まだコンクリートずくめの街じゃあなかった。あちこちに野《の》ッ原《ぱら》があった。むろん初冬のころですから、草といったって枯草ばっかり。そこで落葉焚きをよくやったもんです。

落葉焚きといったって、落葉だけじゃあない。みんなが、そこら中《じゅう》から、思いおもいに棒ッ切れだの、半端な板だの、とにかく汚くない燃えそうな物を集めてくる。火をつける。初めくすぶっていたが、ほどなくバァーッと燃え上がる。「ウワーッ」と仲間たちの歓声。それは、うず高く盛り上げた落葉や棒ッ切れなんかの中に、前もって突っ込んどいたサツマイモが焼ける、という確証を得た喜びの声だったんであります。

近ごろは、都市ではまったくこの焚き火の風景を見かけませんですな。焚き火をしようにも広場がなくなった。キビシイ消防のおきてもある。たまに狭い広場があるかと思うと、そこは駐車場になっている。昔は広かったお寺の境内には、今は立派な幼稚園ができている。

都市に焚き火がなくなったのは、木が少なくなって、まとまった落葉がない。あるのは空き缶や汚らしいビニールの袋なんかばかり。

焚き火は、みんなの朝の、そして夕方の、わずかな時間の憩いのひとときでもあったんですな。ひところまで、ちょっとした広場で燃やされていた焚き火には、面白いことに主催者てェのがあいまい。誰が火つけ役なのかわからない。

「焚き火にどうしてお尻を向けるかってェ？　決まってるじゃないか。焚き火の中にイモがあるからなんだよ。おわかりかな？　**突飛**すぎるかなァこの話」

そんな、はしたないことをいっちゃあいけません。焚き火のいいところは、ひとこと「あたらせて下さい」といえばいい。それに対して誰も「あたるな」とはいわない。それぞれが他人同士ですし、主催者が誰かもわからない。といっても自然発生的に火が燃え出すわけがない。火つけ役の当人は承知していても、そんなことをわざわざいう必要がない。

マメな人が、どこからか棒ッ切れや板切れを見つけてきては、上手に焚き火に放り込む。そして一人が輪を離れてどこかへ行ってしまうと、また一人が入ってくる。焚き火が燃えつき、人々が去ってしまうまで、あたっている人がいる。その人こそ、イモを入れた人なんですな。

凪のない小春日和。紫の煙にのって、サツマイモの焼ける匂いが漂ってくる。そんな風景が、今もどこかに見られるでしょうか。

火の用心

山火事は焚き火や煙草の不始末なんかが原因にあげられておりますな。消防の設備が整っている当節でも、山火事は手強い相手。山への道は狭いし、枯木といったってもともと木の数が多いところ。いえいえ、山火事でなくても、ご家庭での火の始末には、くれぐれもご用心下さい。

これもひところまで、東京などでも、とりわけ冬場は、町内会単位で火の用心の夜回り制度がありました。昭和十年代の後半から、戦争をはさんで三十年代ごろにかけて、昔ながらに拍子木を打ち、「火の用心」「火の用心」と声をかけて夜回りをしておりました。ただ昔と違うところは、「火の用心」だけで、そのあとの「さっしゃりましょう」は言わなくなっていました。ね、いかに用心を呼びかけるにせよ、「さっしゃりましょう」とは**大時代**な言葉。

その大時代の昔、みんなは今の人以上に火事をこわがっておりました。とりわけ木枯の吹くころは、空気が乾いているうえに風が強い。ちょっとしたボヤでも大火事になりかねない。そこで、火の用心の**番小屋**を建て、交代の当番をおき、夜っぴて寝ないで、時々町内をパトロールしていたんですな。当番の人は、番小屋につめたり、パトロールしたりの間、火事のことがいつも頭の中にある。

ところが、昼間はそれぞれが仕事をもって働いてますから、その疲れと番小屋の炭火の暖かさとで、座っている間についコックリコックリ。

ある男、そのコックリコックリの間におっそろしい火事の夢をみた。つねづね火事のことで頭が詰まってますから、一種の強迫観念というんですかな。火事の夢をみたその男。本当の火事だと思い込んで、**夢か現《うつつ》**か、現か夢か、わけがわかんなくなっちまって、ねぼけまなこで番小屋をとび出し、ドンドンドンと太鼓を打ち鳴らす。

びっくりしたのは、寝入ったばかりの町内の皆みなさま。寝巻き姿のまンま、家の外へととび出した。

「火事はどこだァ、火元はどこなんだァ!?」

しかし当番の男が夢の中でみた火事ですから、実際の火元なんかあるハズがない。わけを知って怒ったのが、同ンなじ町内に住む**棟梁**。

「コンの野郎、ねぼけやがって。ま、仕様がねえ。これから町内をひと回りして、火事じゃねェと、断ってこいッ」

すると当番のその男、頭がまだすっきりしないまま、太鼓をドンドン打ち鳴らし、

「火事は先へ延びたァ、火事は延びたァ」

さてその男、回りまわってまたまた番小屋の当番になりました。前のことで懲《こ》りておりますから、今度は慎重。居眠りなんかは、とてもとても。時間がくるってェと、拍子木を打ち鳴らし、「火の用心、さっしゃりましょう」と町内を回る。で、長屋の一番奥

に住むご浪人さまの一軒手前で、いつものようにくるりと向きを変えようとした。そのご浪人、いつも何をしているのか、**長屋衆**には皆目わからない。第一、彼が煮立てをする姿なんて見た人がいない。煙が立たないから、そこだけは「火の用心」不要なりとばかり、その男もご浪人さま間借りの軒先までは行かないことにしていた。

不運とはこのこと。いつもは**音なしの構え**のご浪人さまの間借りの戸が、ガタッピシッと開いた。

「やい待て、火の用心。いかにも身共、身貧《みまず》しく暮らさばとて、いつ何時《なんどき》、火事をおこさぬとは限らぬではないか。火事と金とは天下の回りもの。おのれは身共を侮《あなど》りおったなァ。いでものみせてくれェん！」

と、怒気満面。刀の柄に手をかけて、あわや抜かんといたせしが、**いっかな**抜こうとはいたしません。それもそのはず、中味の真刀はとうに質屋の蔵の中。今、鞘の中に納まっているのは、ただの**竹光**《たけみつ》。

折良く、そこに近づいて来たのは**辻占売り**。

「あわじしまァー、通う千鳥の恋の辻占ァー」

招き看板顔見世月

木枯が吹く寒い街中と違って、芝居小屋の中は大入りのお客さんであったかい。えー、江戸時代のお芝居の世界では、十一月を「顔見世月《かおみせづき》」と呼んでおりましたね。あるいは十一月を「芝居正月」とも、「周の春《しゅうのはる》」とも呼んでいました。

昔、中国に周という国がありまして、その国の正月がどういうわけか、十一月。それにあやかって、日本のお芝居の世界でも、十一月を正月に仕立て、その月の顔見世興行を「周の春」と呼んでいたというわけです。

お芝居の演目や役者衆の名前などを、一種独特の筆字、勘亭流《かんていりゅう》で書きました。その伝統は今に続いて、

　勘亭流の書き初めは周の春

江戸時代のお芝居の世界でも、芝居小屋の座元と役者との間に、契約制度ってェものがありました。当節、グラウンドと劇場との違いこそあれ、プロ野球のオーナーと選手との間で、年間契約が結ばれるようなものですかな。

毎年九月興行が一年のお芝居のおしまいで、十月に入ると、芝居小屋の**座元**と役者との間でもって、向こう一年間の新しい契約が取り交わされていたんですな。で、十一月

には、めでたく契約も済んだ役者面々が勢揃い。その**お目見得興行**が行われてきました。今年度は、こうこうこういうメンバーでやっていきますよと、上演するお芝居の中に、その役者の顔を揃えて、お客さんへ披露したわけですな。そこで霜月十一月の興行を、顔見世、あるいは面《つら》見世などと呼んできた、というわけです。

　霜月に来年中の顔を見せ

顔見世といえば京都の南座。招き看板の前に立つ、芸妓はん、舞妓はんたちの姿は、いかにも京都らしい眺めどすな。

この伝統は、今も京都に残っております。同ンなじ人が十日間、毎ン日観続けるわけじゃあないでしょうが、芸妓はん、舞妓はんたちの顔見世に対するハッスルぶりは、今もって確かです。着る物、髪形、お化粧にも念には念を入れてますな。顔見世は、役者が顔を見せる興行なんですが。

　わが顔を見せる気で行くいい女

顔見世は、大阪や江戸でも、十一月にそれぞれ行われておりました。

でも京都は、何てったって、歌舞伎の芸のご先祖さまにあたる出雲の阿国が活躍したところ。その伝統を引き継いで、顔見世にも本場という誇りがある。江戸時代にも、阿国が演じたと伝えられる、踊りの系譜を引いた演目が、必ず上演されていたということですね。

昔は呼び名が芝居小屋で、今は劇場。設備も、中で観客のお世話をする人たちも、昔と今とでは当然大きな違いがある。

えー、変わった一つの例を申し上げましょう。といったって、むろん、私が見たわけじゃあない。

芝居小屋の中で、昔は煙草が吸えた。「場内禁煙」のお達しが出ている当節では、およそ考えられないことですな。そりゃそうでしょう。今はゲイジュツ観賞。昔は**物見遊山**に近かった。

で、昔は小屋の中で煙草をのもうにも、ライターやマッチなんかの火つけの小道具がない。そこで、細い縄の先に火が宿っている火縄《ひなわ》てェものを売っていた。そうです。白朮詣《おけらまいり》で手に握り、くるくる回すあれですな。幕間《まくあい》にちょいと一服したい人たちのためのサービスが、芝居小屋内の火縄ですね。

この火縄を売って歩く人たちを**出方**《でかた》といってました。江戸の出方は男性、上方では女性。女性の出方の**出方次第**で、火縄がとりもつ縁かいな、てなわけで、お客さんの男性と女性の出方とが出来ちゃった。はじめは双方、熱々《あつあつ》となりました。あげく、「あれは**火遊び**やがな」と、ポイと捨てられちまったのが、男性のお客さんだというお話もあった。少しばかり、火の用心が足りなかったんじゃあないでしょうか。

顔見世の初日は、役者や幕内《まくうち》関係の人たちは、朝早く、というより、もう夜中から儀式なんかの準備に取りかかっておりました。明け七つ（午前四時ごろ）には、一番太鼓《いちばんだいこ》を入れたんだそうですな。

顔見世や一番太鼓二番鶏《にばんどり》
早起きの鶏も、一番太鼓の景気の良さに、「こ結構《けっこう》」と満足の声で刻《とき》を告げる。観せる小屋関係の人たちが大変なら、観る人たちだって大変。

当節のように、徹夜麻雀もできなければ、ディスコで夜明けを待つ、なんてェこともできなかった。

朝霧で櫓の見える時分行き
明け方に芝居小屋に来た人たちには、「さぞお寒かったでっしゃろ。さぞお腹も空いとることでしょうなァ」と、鴨の雑煮を出した時代もあったそうで。京都の南座が鴨（加茂）川に近かったからでもないらしい。

このほか観客たちへ、浅漬大根を配ったこともありました。大根役者《だいこ》を観せてはいけないと、前もって大根を配る。その心配りの見事なこと。富本節《とみもとぶし》の家元では、顔見世の初日に、**大部屋**の役者衆へサツマイモを贈ったという話も残っております。ねぇ、役者に大根じゃあなくて、サツマイモを贈ったところが心憎い。焼くなと煮てなと、どうぞご随意に、とねぇ。

この顔見世は、江戸では、時代が新しくなるにつれてだんだん変化してきています。幕末の嘉永二年（一八四九）にひとたびなくなってしまい、それからは、正月のお芝居が、実際の上での顔見世興行になっておりますな。

ただ、京都の南座だけは、月こそ十一月から十二月と変わりましたが、長く顔見世興行を続けています。お芝居好きの人たちを喜ばせてきたばかりでなく、一つの季節感というものを、大勢の人たちに強く印象づけてきたともいえますね。

師走うちそと

そうこういっておりますうちに、十二月の七日前後は、暦の上で二十四節気の一つ大雪。たしかに北国や山里は、もう雪の季節。気象台の資料では、新暦で初雪の平均日が、札幌で十月三十日、東京で十二月二十六日、鹿児島では一月八日だということです。

そして、八日が事納《ことおさ》め、針供養の日となっておりますな。二月の八日を事始め、針供養とするところもあるそうですが、やはり師走の方に実感がありますね。

指突いた針を交えて供養かな

さて事納めの日には、「上《あ》げざる」という変わった風習をもつところがありました。「上げざる」のざるは、台所で使うあのざるですな。そのざるを竿の先に結びつけて、家の軒先高く掲げていたので「上げざる」。その当時も今も物価高に悩む主婦たちが、来年こそ、天からたくさんのお宝が降ってきますように、と切なる願いをかけた、おまじないだというわけです。

板の間の菜をぶちまける事納め

ざるが一つしかない。そこで、洗って水を切るつもりでざるに入れておいた菜っ葉を、一度板の間に置いてから、竿に吊り下げたんですね。それにしても、ぶちまけるとは、ねぇ。それだけ、天からのお宝が、何が何でも欲しかった。

えー、師走に入って、事納めではなく、事始めのしきたりを守っているところがあります。京都の祇園町なんかの艶やかなところでは、十三日の午前零時を過ぎますってェと、舞妓はんたちが、お茶屋さんを「おことうさんどす」と言って、一軒一軒、挨拶して回っておりますな。

「おことうさんどす」といいますのは、これから年末年始へかけて、いろんなこと――行事が多くて、さぞ大変でしょう。よろしくお願いいたします。とまあ、こんな意味なんだそうですね。その言葉には、優しい心遣いがこめられているようですな。

欲をいえば、師走の寒空の下で、昼間働いている人たちみんなへも、「おことうさんどす」と、いうてくれはりまへんでっしゃろか。

お煤

京都では、十三日に御所で、一年の煤《すす》や塵《ちり》を掃除する**煤払い**の行事がありました。何でも御所の**後塵**《こうじん》を拝さずにはいられない江戸城大奥でも、お女中たちが**お煤**と呼んで大掃除をした。お煤とは、やはり御所言葉の名残りなんでしょうか。それがいつしか民間に伝わり、大店《おおだな》や家々の煤払いになったというわけです。

当節と違って、電気掃除機もなければ、水道の先にホースをくっつけて水をジャージャー流すこともない。あるのは手の届かないところの煤を払う笹竹や、下を掃く箒なんかですな。その煤払いを目あてに、笹竹売りがやってまいります。

さて、今を去ること二百八十数年前、**極月**《ごくげつ》十二日の黄昏《たそがれ》どき。江戸は隅田川に架かる両国橋の橋の上を、一人の笹売りが渡っておりました。

一重《ひとえ》**布子**《ぬのこ》に**股引草鞋**《ももひきわらじ》ばきという姿こそしていますが、見るからに人品いやしからざるその風態《ふうてい》。橋の上を吹く師走の風は、冷たく笹竹売りの髪を乱していたのであります。

SE　地唄　雪の合方（しばらくきかせて）――BG
と、その時、笹竹売りの前方からやってきましたのは、投げ頭巾《ずきん》に羽織姿の宗匠風の男。ふと、笹竹売りの姿を眼にして、不審気な顔。

「おう、あの姿は、――そうだ。もし、あもし、子葉《しよう》どの。いや、播州赤穂、元浅野家ご家中の大高源吾忠雄《ただたか》どの」

「（ギョッ！）え!?」

「私でござる。俳諧の席でお目にかかる、宝井其角《たからいきかく》でござる」

「ああ、これはこれはお師匠さま。いやはや、御覧のとおり、面目次第もなきこの風態」

「いや、これも憂き世のならいとか。ご不運、お察し申し上げる。さればこそ、むー、花も実もこうなるものか冬木立」

「恐れ入ります。むー、では、鉄《かね》も凍れる別れ路の霜」

「子葉どの、年の瀬や水の流れも人の身も」

「あした待たるるその宝船」

そのあしたの夜半こそ、播州赤穂、元浅野家の家臣四十七人が、亡き主君内匠頭長矩《たくみのかみながのり》の仇、吉良《きら》上野介《こうずけのすけ》義央《よしなか》を討ちとった日だったのであります。

この宝井其角と大高源吾との出会いは、実際は講釈のネタでありますが、絵になるお話ですな。源吾は笹竹売りに姿を変え、本所松坂町に住む吉良上野介の動きを、最後に確かめに来たのでありました。

仇討ちの積もるおもいの煤払い

歳末のおつきあいは

お顔の広いお方、交際範囲の広い方にとっては、師走も半ばごろになってきますってェと、事始めと事納めとが、ごっちゃになって面倒くさい。お歳暮の発送と、年賀状書きが何とも煩わしい。そうかといって、いろんな人間関係から、贈らないわけにもいかないし、書かないわけにもいかない。つきあいが広くなればなるほど、その分だけ数も量も増えていく。いまだかつて、百貨店や郵便局などが、進んで「虚礼廃止！」とキャンペーンを張った例《ためし》がない。

歳暮も年賀状も、「時は金なり」の言葉を逆手にとって、年末年始の時の経過を、ただひたすらじっとガマンする人もいる。クリスマス・プレゼントも何のその。歳暮に間《ま》を置くんですな。

年が改まって正月半ばを過ぎますってェと、過ぎ去ったことだから、今さら、歳暮、賀状でもあるまいと、さばさばとした心持ちになる。歳暮や賀状などにかけるお金も浮く。まさしく「時は金なり」ということらしいですな。

いつもお歳暮や年賀状なんかを、決まった人から決まってもらってる人のところに、そのものが急に来なくなると、

「あいつどうしたんかなァ。不景気にでもなったのかなァ。まさか死んだわけじゃないだろうなァ」

気にする人もおいでになれば、気にしない人もいらっしゃる、という歳末の人間模様。当節は、お中元やお歳暮用品などを買い求めるにしても、ほとんどがキャッシュですな。カードという便利なものもできました。

今は昔、掛取風景

昔は、中元、歳暮に限りませんで、いつも買い求めている店の中には、カオで貸してくれるところもあった。で、支払いは晦日《みそか》か、もっと先伸ばしにして盆暮、というのん

きな時代。借金を掛《かけ》といい、借金を受け取りに来る人が掛取《かけとり》。借金てェものは、その場で支払いませんから、ついつい、いい気になっちまって嵩《かさ》が張ってくる。呑み屋さん、酒屋さんのツケと同ンなじようなもので、気がついた時には積もり積もって富士の山。大変な金額になっている。

熊さん、八つぁんの世界も同様で、

「八つぁん、ほら今年もまた掛取が来たよ。どうする?」

「む、そうだなァ。む、熊さん。横町のご隠居に教《おせ》えてもらったように、あれでいこう」

「あれとは」

「酒屋の番頭は芝居《しべえ》が大好きだ。そこで近江八景に似た文句を盛り込んで、何とか掛取を追っ払っちまうのさ」

「ほらほら、おいでなすったよ」

「えー、お掛取さまの、おはいりイーッ」

「む、熊どの八どの、合わせて、このたび月々に溜まりし味噌醤油、酒の勘定。きっと受け取ってまいれとの主人の厳命イー。上使《じょうし》の趣《おもむき》、む、かくの次第イーッ」

「へへーッ。その言いわけは、これなる扇面《せんめん》」

「む、なにィ、扇《おうぎ》の表に書かれしは、こりゃまさしく近江八景の歌。この歌もって言いわけとな」

「心やばせ（矢走）と商売にィ、浮見堂《うきみどう》やつす甲斐もなく、膳所《ぜぜ》（銭）はなし、城は落ち、堅田《かただ》に落つる雁がねの（借り金の）、貴《き》顔（帰雁）に顔を合わす（粟津《あわず》）のもォ、比良《ひら》の暮雪の雪ならでェ、消ゆる思いを推量なし、今しばらくは辛崎《からさき》のォ」

「む、松で（待って）くれろというわけか」

「へへェーッ」

えー、近江八景を詠み込んだ人といえば、江戸時代、寛延から文政年間に生きた蜀山《しょくさん》人《じん》こと大田《おおた》南畝《なんぽ》（一七四九〜一八二三）。彼はある時、江戸から上方へのぼる途中、琵琶湖のほとりまで来たところ、道ばたに**たむろ**していた駕籠かきの人たちにからかわれた。

この近江八景を詠み込んだ歌を作ったならば、タダで駕籠に乗せて、八景めぐりを楽しませてやろう、とこういわれたんですな。蜀山人、ちょいとばかり考えてから、紙にサラサラ、八景を詠み込んだ歌を書き、駕籠かきの人たちに説明した。

　乗せた、（瀬田の唐橋）から、（辛崎の松）先は粟津かただ（粟津の夕嵐・堅田の落雁）の駕籠、比良（の暮雪）石山《いしやま》（寺の秋の月）と走（矢走《やばせ》の帰帆）らせてみい（三井寺の晩鐘）

この蜀山人がまたある年の暮れ、掛取へ寄せての**狂歌**が、これ。「いかなりける年の暮にか」と前置きがあって、

金はあり掛も払うて**置炬燵**《おきごたつ》
とろとろ寝入りつかん年の夜《よ》

この狂歌、掛を払って、のんびりと置炬燵に入ってるという、いい心持ちを詠んだのではありません。「いかなりける年の暮にか」、そんな心境になれるだろうかと、お金がなくて掛取の来る年の暮れ、その気持ちを詠んだものなんですね。するってェと、熊さん、八つぁんの場合と、ほぼ同ンなじだということになりますかな。

当節、掛取の人こそ見えね、買った物への請求書は届く。その金額に合わせて、マージンを取られ、金融機関を通して払い込む。人間関係の**いざこざ**はありませんが、何となく**素っ気ない**。間をとりもつ人は少なくて、お金だけが独り機械に乗せられる。そんな機会はこれから先、ますます多くなっていくことでしょうな。

何やかや売り

おじいさんは神棚を清め、おばあさんは仏壇を空布巾《からぶきん》で拭き、子供さんたちは讃美歌を歌う。そしてお父さん、お母さんは、正月用品を買い揃えに出かける。こういったご家庭も、多分あるンじゃあないでしょうか。

正月用品には、家のうちそとに正月気分を醸《かも》し出す品、例えば注連飾《しめかざ》りや、ミニ門松、縁起の良い花なんかですな。それに正月のお楽しみの一つ、おせち料理の材料ですね。その日がたまたま羽子板市にあたれば、娘さんのために、押し絵の羽子板も買ってやろうなんてェのが親心。ひところまでは、歌舞伎の人気役者の押し絵がたくさん並んでいました。

最近は、人気者といっても、その絵は多種多様。意外な人物が登場しておりますな。

「あれェ、この人誰かしら」

「どこかで見たことがあるなァ。押し絵の横に、何か名前が書いてないかい」

「何ンにもないわ。それにしても、きりっとしてハンサムねェ、この押し絵の人」

「そうだ、わかった。噺家の、古今亭志ん朝だよ」

はい、まことに有難うございます。

えー、羽子板市とは別に、いろんな正月用品を売る市を歳（年）の市といってきましたね。江戸時代後半からの江戸では、浅草観音の近辺や深川不動あたりがよく知られています。京阪地方や、それぞれの町や村にも、歳の市は今も立っておりますね。

年の市たつうら町は月夜かな　大江丸

歳の市は、なんでもかんでも売っているので、何やかや売り、なんて呼ばれもしました。その、何やかや売りの、当節の**さいたる**所は何といってもデパートでしょうな。百貨店の名のとおり、よろずのものすべてが揃ってる。売る側からすれば、まさしく、何やかや売り。

「この注連飾りが三つで半額だってさ」

「三つ買ってどうすンのよ」

「押入れにとっとけば、あと二年は買わなくったっていい」

「注連飾りはね、その年々の松の内までよ。それよか、おせち料理の材料集めが大変よゥ。えー、黒豆に昆布に、そうそう干し柿。あーあ、面倒くさいわァ。ン、ね、あなた、そこにパックで材料一式揃ってンのがあるわ。あれにしましょッ。あー、これ買っとけば、アタシ、年末年始をゆっくり休めるワァ」

どうやら似たもの夫婦。何やかや買いのこの合理的（？）な心くばり。

大つごもり

ひと月の最後の日、つまり晦日《みそか》のことを、月がこもるということから、**つごもり**ともいっておりますな。で、一年の一番おしまいの日が**大つごもり**。新年の準備万端整って、心ゆるりと、この大つごもりを過ごすご家庭もあれば、心せわしく過ごすご一家もまた、あることとでしょう。

あるいは打ち続く不運で、この年も心で泣き、来春こそはと望みをかけて、覚悟を新たにしている方もいらっしゃることでしょう。頑張って下さい！

さて夜も更けて、聞こえてくるのは除夜の鐘。中には、除夜の鐘を聞きつつ、思い出したように畳を拭く方もいる。その畳に、かすかに残るのは、生命《いのち》の染《し》みの数々の跡。

とかく大つごもりに除夜の鐘を耳にしますってェと、この一年だけでなく、これまで、己《おの》が生命《いのち》を自覚して過ごしてからの年の数々、想いはつのるばかりですな。

ゆく年くる年の鐘の音。TV中継の寺めぐりもいいですが、ナマで聞こえてくる、我が町、我が村の寺の梵鐘の音色にこそ、越し方行く末、数々の想いてェもンが、いやましてくるんじゃあないでしょうか。

炬燵にあたって、町の菩提寺からの除夜の鐘を、じっと聴き入る姉弟《あねおとと》。

「お姉さん、除夜の鐘は百八つ鳴らして、百八つのボンノウを取り除くってことだけど、そのボンノウって何なの？」

「うん、むずかしいわね。簡単にいって、人間がもってる全部の悩みごとってことかなア」

「じゃあ、姉さんも、百八つの悩みごとがあるんだね。僕、その第一番目を知ってるよ」

勝気な姉さんは、ふだんなら弟を叱りつけるところなんですが、

「そうねぇ」

と、珍しく太いため息。これも除夜の鐘のなせるわざ。

年惜しむ心うれいに変わりけり　　虚子

「さ、姉さん。年越しそばを食べようよ」

「そうネ」

元気を取り戻した姉君。弟に誘われて食膳につく。あと数時間もすれば、夜はほのぼのと明け初《そ》めていく。その一刻一刻もまた、誰しもが初めて過ごす、貴い時の刻みってエもンじゃあないでしょうか。

年こしや余り惜しさに出てありく　　北枝

あとがき

言葉と科《しぐさ》の笑いの伝統芸に狂言もある。狂言は動く芸だが、私たちの芸は、坐ったままだ。それでも、動きをお客さんにわかってもらえる仕方噺もある。

座布団一枚の上で、お客さんの前に時間と空間を出す芸を生業《なりわい》とする私たちには、お客さんが眼に見えない放送局のスタジオでの芸は、かえってむずかしい。反応が確かめられないからだ。

でも、「お好み邦楽選」の仕事は面白かった。相手の見えない所でも自問自答して、「ここだ」と反応を確かめられそうな気がしたからだ。

――十年ひと昔、というが、そう、初めてNHKの日本音楽のD・Jを引き受けた時から、かれこれもう十年はたっている。しかし私には、十年という歳月の流れが、それほど強くは感じられない。伝統芸の一つを生業にしているからだ。それに、好きな日本音楽を機会あるごとに耳にしてきたこともある。

笑いの芸を生業としている身ではあっても、日常の暮らしは芸とは違う。憂きことだってあるのは当然だ。そんな時、ふと三味線の音色を耳にすれば、憂きことが極まって、気持ちがすっきりとしてくる。ギターの音色を聞いても同じことだ。

大げさにいって、古今東西、人の情《じょう》というものは、そんなに変わっているとは思えない。どこの国の人々でも喜怒哀楽の感情は出すし、どの時代の人々も、あらわにするか秘めるかは別として、その感情を持ってきた。

日本音楽は、その感情と季節とをないまぜにしてできているものが多い。だから私はそれに惹かれる。そして「お好み邦楽選」の語りにも乗った。齋藤先生も巧く乗せて下さった。

今回、淡交社から『志ん朝のあまから暦』が出版されることになり、有難いことだと思っている。古典落語と同様に、この本には昔の人間模様も出てくるが、それは決して古めかしい話ではない。私たちのまわりには、昔と同じような事柄がたくさんころがっている。

最後に、この本の出版にご尽力いただいた淡交社の皆さんに、厚くお礼を申し上げる。

平成三年　秋

古今亭志ん朝

参考文献

中央公論社『三田村鳶魚全集』
東京創元社『名作歌舞伎全集』
小学館『日本古典文学全集』
筑摩書房『現代日本文学大系』
春陽堂・河竹繁俊編『黙阿弥全集』
講談社・河竹登志夫著『作者の家』
講談社・暉峻康隆著『落語の年輪』
白水社・野村万作著『太郎冠者を生きる』
淡交社『古寺巡礼・京都』
岩波書店『声曲類纂』
河出書房新社・倉嶋厚著『お天気博士の晴雨手帖』
角川書店『図説俳句大歳時記』ほか。

解説

中野 翠

二〇〇一年十月一日。古今亭志ん朝さんはこの世を去った。呆然自失。身近な縁者でも何でもない。はるかに遠くにいる有名人の死に、あれほど大きな衝撃を受けたのは私は初めてのことだった。それは一個人を超えて、もっと大きく、深く、「ある教養の死」のように感じられたのだ。

「教養」という言葉には白ける人もいるかもしれない。私自身、長い間、なじめない言葉だった。昔は盛んに「教養」という言葉が使われていて、それはおうおうにしてクラシック音楽に詳しいとか、英語を流暢にしゃべるとか、お茶やお香をたしなむとかいう類いのことを指していたので、若かった私は「そんな表面的なことで……」とばかばかしく思ったのだった。

けれど、十年ほど前だったろうか。敬愛する評論家の福田恆存さんが「教養」をこんなふうに定義しているのを読んで、考えが急旋回したのだ。

「一時代、一民族の生き方が一つの型に結集する処に一つの文化が生まれる。その同じものが個人に現れる時、人はそれを教養と称する」——。

つまり、「箸のあげおろし」一つ取っても「教養」というものなのだ。その人が何を恥ずかしいと感じ、何を美しいと思い、何をたいせつと考えるか。そういうことの総体が「教養」なのだ。

「教養」、うん、結構なことじゃないか。人格というものの根本を示すものじゃないか、いい言葉じゃないか……。と気づいた時はもう遅かった。皮肉にも世間では、「教養」という言葉はほとんど死語となっていた。

まずい。話がどうも抽象的に過ぎるようだ。具体的に書こう。私にとっての最も好もしい「教養」イメージは、「志ん朝、父母を語る」というCD（CDセット『志ん朝復活』にオマケとして付いている特典CD）の中にある。

何よりも高座に自分を賭け、高座を離れたところで芸談をしたり、プライベートなことを語ったりすることを嫌った志ん朝さんだが、このCDの中では珍しく、父（志ん生）と母（りんさん）の思い出を語っている。特にりんさんの話が素敵だ。

りんさんは、ちょっとしたこと、例えば「夕方こういうことがあると明日は天気になる」という類いのことをよく知っていた。また、野菜でも魚でも農民や漁師なみに詳しく、「この魚はこういうふうに骨があって……」と絵に描いて説明してくれたという。また、志ん生、馬生、志ん朝のきものの見立てや着こなしのよさも、りんさんのおかげだったという。

私にとっては、それこそ「教養」というものなのだ（りんさんの教養については志ん朝さんのお姉さん、美濃部美津子さんの『三人噺』でも詳しく語られている）。

志ん朝さんは言う。「言葉にしてもそう。同じ〝描く〟でも、眉だったら〝引く〟、口紅だったら〝注《さ》す〟と使い分けて来た。こういうことは、どうでもいいと言ったらどうでもいい。けれど、大事と思ったらとっても大事なことなんです」。

私は思う。〝教養〟とはまさに「どうでもいいけれど、どうでもよくないこと」なのじゃないか。そして、落語家・古今亭志ん朝をつくりあげたのは、父・志ん生ではなく母・りんさんだったのではないか、と。

マクラのつもりで書き出した話がついつい長くなってしまった。とにかく、私は志ん朝さんの高座に接するたび、江戸・明治の都会人が築きあげて来た生活的教養の一大体系を感じ、その幻の町の中に誘い込まれる喜びにひたったのだった。

さて、この『志ん朝のあまから暦』は、四季おりおりに日本の伝統芸にまつわる話を中心に、季節感あふれる話を軽妙につづったもの。NHKラジオの音楽番組『お好み邦楽選』の語りがベースになっている。

何しろ昔、「教養」というものを小馬鹿にして生きて来た報いで、私なぞいまだに伝統的な行事や儀式の類いに無知だ。自然ともへだたった生活をしている。「松がさね」「七草爪」「時雨うつり」などの言葉もこの本で初めて知ったようなもの。

読みながら、あらためて季節感というものの贅沢さを繰り返しかみしめた。春夏秋冬それぞれの魅力、そしてその移ろい。(近頃はボンヤリして来たものの)四季がはっきりしているということは、日本人の世界観や死生観を思いのほか深いところで決定づけているると、あらためて思った。

私は落語好きなものだから、読みながらその季節にふさわしい落語が次から次へと思い起こされた。それもたいてい志ん朝バージョンのもの。ちょっと恥ずかしいけれど、最後に書きとめておこう。

一月=『御慶』 二月=『火事息子』 三月=『幾代餅』 四月=『愛宕山』 五月=『品川心中』 六月=『居残り左平次』(ほんとうは『笠碁』にしたいが、志ん朝バージョンのCDはないので……。ここに無理矢理、大好きな〝居残り〟を入れる) 七月=『船徳』

八月＝『酢豆腐』　九月＝『真田小僧』（これもちょっと無理あり？）　十月＝『厩火事』（ほんとうは『目黒のさんま』にしたいところ）　十一月＝『二番煎じ』　十二月＝『芝浜』

――以上。

さて、あなただったら、どんなラインナップにしますか？

本書は一九九一年に淡交社より刊行された『志ん朝のあまから暦』を底本といたしました。

文庫化にあたり、明らかな誤字・脱字は正しました。

志ん朝のあまから暦

著者 古今亭志ん朝
齋藤 明

二〇〇五年 八 月一〇日 初版印刷
二〇〇五年 八 月二〇日 初版発行

発行者 若森繁男
発行所 河出書房新社
東京都渋谷区千駄ヶ谷二―三二―二
☎〇三―三四〇四―八六一一（編集）
〇三―三四〇四―一二〇一（営業）
http://www.kawade.co.jp/

デザイン 粟津潔

印刷・製本 凸版印刷株式会社

定価はカバーに表示してあります。
落丁本・乱丁本はおとりかえいたします。

©2005 Kawade Shobo Shinsha, Publishers
Printed in Japan ISBN4-309-40753-6

小説　圓朝

正岡容　40752-8

今や“落語の神様”とも讃えられる明治の大名人、三遊亭圓朝のイメージを、爽やかに裏切る昭和18年刊の傑作が復活。意外に知られていないその挫折の日々を、明治生まれの作家・正岡容が鮮やかに描き出す。

考証 江戸町めぐり

稲垣史生　40696-3

江戸開府400年。江戸の名残りを訪ねて、上野から浅草、吉原へ。寛永寺・浅草寺をはじめとする寺社の由来、盛り場の盛衰、遊廓のしきたりなど、時代考証家が江戸の町に刻まれた歴史の跡をたどる。

風俗 江戸東京物語

岡本綺堂　今井金吾〔校註〕　40644-0

『半七捕物帳』をはじめ江戸情緒を伝える数々の名作を残した綺堂。軽妙な語り口で、その深い江戸知識をまとめ上げた唯一の著書『風俗江戸物語』、明治の東京を描いた『風俗明治東京物語』を合本。江戸を知る必読の書。

綺堂随筆　江戸の思い出

岡本綺堂　40668-8

江戸の記憶、明治東京の事物を綴る綺堂の随筆は、懐かしくも貴重な証言として今なお新しい。また、江戸・中国の怪談を紹介しながら、そこに短編小説の味わいがある。文庫初収録作を含めた綺堂随筆の集成。

綺堂随筆　江戸っ子の身の上

岡本綺堂　40669-6

江戸っ子の代表助六の意外な身の上話。東京が様変わりした日清戦争の記憶、従軍記者として赴いた日露戦争での満州の体験……『半七捕物帳』の作者が確かな江戸の知識のもとに語る情趣あふれる随筆選。文庫オリジナル。

綺堂随筆　江戸のことば

岡本綺堂　40698-X

江戸の人は芝居をシバヤと読み、ついこの間までシバイと読むとお国はどちらと訊かれたものだ——。江戸東京の言葉の移り変り。黙阿弥の思い出。明治の寄席と芝居。半七捕物帳の誕生秘話。情趣あふれる随筆選。

著訳者名の後の数字はISBNコードです。頭に「4-309-」を付け、お近くの書店にてご注文下さい。